EL PLACER DE UN PIRATA

LINDA RAE SANDE

Traducido por
CRISTINA HUELSZ

Twisted Teacup
PUBLISHING

Título original: *The Pleasure of a Pirate*

Traducción: Cristina Huelsz

© Copyright 2019 Linda Rae Sande

© de la traducción 2021 Cristina Huelsz

ISBN: 978-1-946271-44-0 ebook

ISBN: 978-1-946271-45-7 paperback

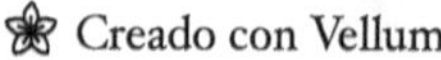 Creado con Vellum

UN BAILE DE DISFRACES

Mansión de Lord Weatherstone, Mayfair, 1819

Haciendo todo lo posible por no mirar boquiabierto a los que formaban la multitud del baile de disfraces de Lord Weatherstone, Blake Russell se situó cerca de la mesa de aperitivos y bebió una copa de champán. Como no estaba acostumbrado a esta bebida burbujeante, estaba pensando en cómo reemplazarla subrepticiamente por brandy cuando la orquesta comenzó el segundo baile de la noche.

Él miró a su alrededor, preguntándose si debía invitar a alguna de las jóvenes a bailar. Había media docena de ellas alineadas a lo largo de una pared, todas vestidas con trajes blancos y con máscaras que apenas les cubrían la cara.

Todas menos una joven dama.

Llevaba una máscara dorada que cubría todo excepto sus labios rojos y brillantes y su barbilla cuadrada. El cabello castaño, amontonado en lo alto de su cabeza en un alboroto de rizos, parecía espolvoreado con brillo, pues resplandecía bajo la luz de las velas del salón de baile. Su vestido, un vestido rosa rematado con un faldón blanco, sugería que había asaltado el baúl de la abuela de su doncella en un esfuerzo por parecerse a la Pequeña Bo Peep.

Aunque el vestido hacía todo lo posible por contener su generoso pecho y destacaba su delgada cintura, Blake pensó que sus encantos femeninos se desbordarían si se inclinaba demasiado hacia delante. En cuanto a sus caderas, realmente no había forma de saber si eran anchas o no, ya que los laterales del vestido estaban sostenidos por unas pequeñas alforjas.

O tal vez *eran* sus caderas, y realmente tenía una figura más parecida a la de un reloj de arena.

Blake sintió que se le agitaba la entrepierna al pensar en acostarse con semejante criatura y gruñó de desesperación. Llevaba demasiado tiempo sin una mujer, y como su barco debía zarpar al día siguiente, este baile sería su último entretenimiento durante al menos un mes.

Y su última misión en tierra para el Ministerio de

Asuntos Exteriores antes de reanudar su destino habitual.

Localizar a Lord Dorchester y vigilar todos sus movimientos. Reportar por la mañana antes de que el Molly zarpe.

Cuando Blake había aceptado asumir la capitanía del Molly, lo había hecho sabiendo que tendría que fingir ser un pirata en alguna ocasión. No sabía que tendría que adoptar otros disfraces cuando estuviera en tierra firme.

Si no hubiera sido un baile de máscaras, Blake sabía que otra persona habría tenido este encargo. No podría pasar por un miembro de la nobleza, ni siquiera por un caballero, para el caso, si no llevaba una máscara y la ropa que usaba cuando la hacía de pirata.

Casi había discutido con Lord Chamberlain cuando le dieron el encargo. El jefe del Ministerio de Asuntos Exteriores, el vizconde parecía pensar que era una broma el que Blake siguiera en Londres y pudiera ocuparse de esta rápida asignación.

Asiste por la experiencia, le había dicho Lord Chamberlain. *Si no conoces a nadie, observa desde las líneas laterales y toma nota de cómo se comportan los demás. Si ves a Dorchester, quédate cerca. Ha esparcido algunos pagarés por la ciudad, su baronía está en bancarrota y se habla de que puede intentar un robo y vender el botín o tal vez salir del país con él. Si hace esto último, tendrás que ir tras él.*

Al principio, Blake había pensado que era poco probable que alguien intentara robar algo de valor durante un baile. Ahora que había tenido la oportunidad de estudiar la disposición en la mansión de Lord Weatherstone, comprendió cómo podría realizarse.

La biblioteca de Weatherstone estaba llena de pequeños tesoros de sus viajes. En el escritorio del estudio había una pluma de oro macizo. El joyero de Lady Weatherstone estaba a la vista sobre su tocador. El salón estaba decorado con todo tipo de frusilerías caras.

Había artefactos más grandes, por supuesto, pero era poco probable que el barón intentara llevarse una cariátide o el globo terráqueo con incrustaciones de joyas de la biblioteca.

Averiguar qué caballero era Dorchester fue fácil: el mayordomo lo había anunciado a su llegada al salón de baile. Aunque el hombre había entrado con una máscara en la mano, no se la había puesto hasta que el primer baile estuvo muy avanzado.

Blake supuso que el barón tendría una pareja de baile para el segundo set, pero en cambio Dorchester parecía conversar con varios caballeros antes de alejarse hacia la habitación de la cena.

Siguiendo a una distancia segura, Blake se aseguró de dirigirse directamente a la bandeja de croquetas de langosta una vez que en la opulenta sala. Si el barón estaba realmente en una situación desesperada en cuanto a su cartera, era probable que él optara por los alimentos más caros en el otro extremo de la mesa. Probablemente había estado viviendo con la misma comida que sus sirvientes, lo que significaba crustáceos para la mayoría de las comidas.

Engullendo parte de su croqueta de langosta, Blake se atrevió a echar una mirada en dirección al barón, observando cómo el hombre llenaba un plato con jamón, carne asada y cordero.

Suposición confirmada.

Ahora sólo tenía que vigilar al barón hasta el final del baile. Lo cual resultó fácil.

Hasta que no lo fue.

Dorchester terminó su comida y volvió al salón de baile, que se había llenado de gente. Blake perdió de vista al barón varias veces, pero cuando comprobó que el hombre estaba bailando con una de las jóvenes vestidas de blanco, él se dirigió a la exuberante Pequeña Bo Peep que había visto antes.

—Parece ser que somos los únicos con atuendos del siglo anterior —señaló él.

Detrás de la máscara, los ojos de la joven se abrieron de par en par. —¿Nosotros? —preguntó ella mientras miraba a su izquierda y a su derecha, como si pensara que él podría haber dirigido su pregunta a otra persona.

—Sí, milady —respondió él, usando su mejor voz

de pirata. —Me llamo Blake, y la piratería es mi juego. ¿Y quién es usted? —Sabía que era totalmente inapropiado presentarse a una joven, pero no había nadie cerca para hacer los honores. Al parecer, su acompañante estaba bailando.

Una risita se le escapó a la joven antes de decir: —Barbara. La señorita Barbara Wycliff —dijo, enfatizando el "señorita". —Pero por esta noche, soy Bo Beep.

Blake parpadeó. Había adivinado correctamente su disfraz. Él miró a su alrededor. —Parece que usted ha perdido a su oveja —respondió él.

—En efecto. Y a mi doncella. Ella ya ha sido invitada a bailar.

—Entonces, ¿me permite tener este baile?

Los labios rojos y brillantes se abrieron en una enorme sonrisa. —Sí, sí, por supuesto —dijo ella con entusiasmo. Puso su mano en el brazo que él le ofrecía y permitió que la condujera hasta donde las parejas se alineaban para un baile rústico inglés. Apenas se habían colocado en sus puestos cuando la orquesta tocó los primeros acordes, y ya estaban bailando animadamente.

Desde su perspectiva en la fila, Blake pudo vigilar a Dorchester, que estaba a unos cuantos hombres más adelante de él.

Cuando su pareja estuvo al alcance de su oído, él le preguntó: —¿Cuál es su doncella? —El comentario sobre la doncella no le había parecido extraño cuando lo mencionó por primera vez -la doncella actuaba sin duda como su acompañante-, pero ahora que él se había dado cuenta de que todos los que estaban en la pista de baile eran jóvenes, tenía sus dudas.

—La tercera de la derecha —respondió Barbara. —Bailando con el caballero alto —añadió, obviamente admirando al hombre que Blake sabía que era Lord Dorchester. —Yo no la habría invitado a asistir conmigo, pero es un baile de disfraces y ¿quién podría saber que es una doncella? —comentó ella.

Blake estuvo a punto de admitir que él no era miembro de la nobleza, pero lo pensó mejor. El nombre "Wycliff" acababa de llegar a su adormecido cerebro. —Creo que a la hija de Sir Peter Wycliff se le permitiría cualquier acompañante que deseara para este baile —respondió, esperando haber adivinado correctamente.

Los ojos de Barbara se abrieron de par en par detrás de la máscara. —¿Así que no se lo dirá a nadie? Lo de mi doncella, quiero decir.

Blake parpadeó detrás de su propia máscara. —Soy un pirata. No se lo diré a nadie.

Ella sonrió y pasó al siguiente compañero antes de que pudiera responder. Cuando volvieron a estar emparejados, preguntó: —¿Dónde vive usted, señor Blake?

Estuvo tentado a mencionar Picadilly -tenía un

apartamento allí durante los períodos de permiso en que estaba en Londres-, pero en su lugar dijo: —En mi barco. El *Molly*.

Ella volvió a reírse, y el sonido musical provocó una reacción inusual en su región inferior.

¿Qué tenía la señorita Barbara Wycliff que hacía que su cuerpo se comportara como si ella fuera una prostituta que él había contratado para pasar la noche? ¡Era una dama! De hecho una señorita, ya que su padre no era un miembro del Parlamento. Él era sólo un plebeyo, como lo era ella.

Pero era rico.

—¿Usted cree que estoy bromeando? —bromeó él. —¿Usted dónde vive?

Barbara tuvo que retrasar su respuesta cuando fue enviada a un torbellino desde su abrazo hasta el hombre que estaba al lado de él. Cuando finalmente se reincorporaron al baile, ella dijo: —Mayfair. Aquí en Park Lane.

Blake asintió y comprendió. Era la hija de un baronet. Totalmente fuera de su alcance. Lo cual habría aceptado con gusto, excepto...

Que no lo hacía.

Cuando el baile llegó a su fin y ella volvió a estar frente a él, él se inclinó. Sus labios cubrieron los de ella en un rápido beso antes de bajar y besar el dorso de su mano enguantada en seda.

Totalmente inapropiado. Muy escandaloso. Imperdonable.

Excepto que nadie pareció darse cuenta más que ella.

Lo miraba con una expresión muy extraña antes de que otro caballero se la llevara para el siguiente baile.

Blake se quedó mirando donde ella había estado parada durante varios segundos, su intento de controlar su cuerpo fracasó miserablemente.

¿Qué demonios acababa de suceder?

Miró a su alrededor, seguro de que Sir Peter estaba a punto de golpearlo contra la pista de baile. Acababa de besar a la hija del baronet delante de todo el mundo en un baile de etiqueta.

Pero nadie parecía haberse dado cuenta.

Sin embargo, las parejas se alineaban para el siguiente baile, actuando como si él no estuviera allí.

Blake deambuló aturdido hasta llegar a la zona donde se reunían las feas del baile. Algunas se atrevieron a mirar en su dirección, como si esperaran que él las honrara con un baile.

Estaba a punto de complacer a una de ellas cuando recordó la razón por la que estaba allí.

Dorchester.

Maldijo en voz baja, y su mirada recorrió la pista de baile. Al no ver a Dorchester entre los que ejecutaban el animado baile escocés, se dirigió a la puerta más cercana del salón de baile y se apresuró a atravesar los amplios pasillos, mirando a izquierda y derecha por si el barón se había metido en alguna habitación cercana.

Cuando Blake no lo encontró en la biblioteca o en el estudio -tuvo que disculparse profusamente por haber interrumpido un encuentro entre el marqués y la marquesa de Morganfield- volvió al salón de baile.

Pensando que tal vez Dorchester estuviera en los jardines, se dirigió al fondo del salón de baile y salió por las puertas francesas. Desde los pabellones que daban a los famosos jardines de Weatherstone, Blake buscó al barón. Dada la cantidad de parejas que se dedicaban a todo tipo de actividades traviesas -y el número de nichos en los setos en los que podían realizarlas-, le llevó algún tiempo determinar que lord Dorchester no estaba entre ellos.

Sintió alivio cuando se dio cuenta de que la pequeña Bo Peep tampoco lo estaba.

De vuelta al salón de baile, suspiró de alivio al encontrar a la pequeña Bo Beep bailando.

Soltó un gruñido cuando vio que ella estaba con Lord Dorchester.

¿Cómo pudo perderlos de vista?

Observando de reojo, se preguntaba por su reacción. ¿Qué tenía la señorita Barbara Wycliff que lo hacía sentir tan posesivo? ¿Como si él hubiera sido el primero en encontrarla, por lo que pensaba que sólo él debía tener derecho a bailar con ella? ¿Para codiciarla? ¿Esperar que él fuera el único que pudiera besarla?

—Gracias a los dioses, el siguiente es un vals —dijo un caballero a su derecha, aunque no necesariamente a Blake.

—Seguido de un viaje al comedor —dijo a su izquierda un hombre con sombrero de bufón y máscara. —Los banquetes de Lord Weatherstone son siempre los mejores.

—Estoy de acuerdo. De hecho, puede que me salte el vals y vaya a comer —dijo el primer hombre.

Blake parpadeó cuando ambos hombres se alejaron de su compañía y se dirigieron al comedor.

Cuando la tanda de baile terminó y Bo Beep se inclinó ante Lord Dorchester, Blake se acercó y levantó la mano de ella hacia su brazo.

—¡Blake! —dijo ella con una enorme sonrisa.

Las cejas del barón se fruncieron, pero no hizo ninguna queja y, en cambio, dio un paso atrás. —Pasaré a buscarla a las dos de la tarde, mi señora —dijo él antes de hacer una reverencia y luego dirigir a Blake una mirada llena de dardos.

Blake ignoró la expresión del barón y dirigió su atención a Barbara. —¿Quiere usted bailar el vals conmigo?

Sus ojos se abrieron de par en par tras la máscara. —Nunca he bailado un vals —dijo ella con un movimiento de cabeza.

Decidido a tener su compañía durante la siguiente media hora, Blake se permitió encogerse de hombros. —Es un baile fácil de aprender. Le enseñaré —dijo, justo cuando empezaron los primeros compases del baile. —Sígame la corriente.

Barbara le dirigió una mirada insegura, pero hizo lo que le decía, colocando una mano con guante blanco en su hombro y permitiendo que él apoyara la otra con su mano levantada. Unos pocos pasos de baile y ella no tardó en realizar la sencilla rutina.

—Lo está haciendo de maravilla —dijo él mientras los guiaba hacia el círculo de otros bailarines.

—Sólo porque usted sabe bien como dirigir —argumentó ella.

—Su disfraz es la perfección. Incluso sin la oveja.

—Estuve a punto de traer a mi perro pastor, pero no creí que le fuera a ir bien en semejante aprieto —contestó ella. —Lord Weatherstone podría haberlo desterrado a los jardines.

Blake sonrió. —Él nos habría llevado en manada a la pista de baile—. Miró a su alrededor, dándose cuenta de que casi todo el mundo estaba bailando. —Al igual que este vals parece haber hecho—. Sin embargo, al girar de nuevo, se dio cuenta de que Dorchester lo estaba mirando desde su posición contra la pared. —¿Qué tan bien conoce usted a Lord Dorchester?

Barbara pareció tener dificultades con sus siguientes pasos antes de recuperarse. —No lo conozco. Al menos, no lo había conocido antes de esta noche —enmendó.

Frunciendo el ceño, Blake se atrevió a echar otra mirada en dirección al barón. —¿Y aun así él irá a buscarla a las dos? —replicó él.

—Para dar un paseo por el parque, sí —reconoció Barbara. —Recibo tan pocas invitaciones que siento que debo aceptar todas las que se me presentan.

Blake estuvo a punto de perder su lugar en el baile. —Seguro que usted está bromeando —contradijo. —Y si no lo hace...

—No lo hago.

—... entonces, por favor, reconsidere esa invitación. Él está bajo investigación por las más altas autoridades aquí en Inglaterra —dijo Blake en un ronco susurro. —Su virtud podría estar en peligro.

Él observó cómo los ojos de ella se ensanchaban detrás de la máscara, casi como si ella quisiera que su virtud estuviera en riesgo.

¡Maldición!

—Seguramente no puede ser del todo malo —replico ella, con sus modales sugiriendo que ella pensaba que Blake le estaba tomando el pelo.

Blake se atrevió a echar otra mirada en dirección a Lord Dorchester. —Tal vez no todo —coincidió, observando cómo las feas del baile habían comenzado a agitar sus abanicos en dirección al barón. Dorchester tenía un aspecto miserable.

Sin embargo, al ver que no podía sentir la menor pena por Dorchester, Blake volvió a centrar su atención en su pareja de baile. —¿Está disfrutando de la velada?

Ella asintió. —Lo estoy, gracias a usted —contestó mientras su mirada se posaba en su doncella. La joven estaba enfrascada en una conversación bastante animada con Lord Dorchester, casi como si estuviera regañando al barón. —¿Y usted?

Blake se permitió esbozar una enorme sonrisa. —Lo mismo digo. ¿Quizás me permita acompañarla a la cena cuando este baile haya terminado?

El rostro de Barbara pareció decaer. —Ya le dije a Lord Dorchester que él puede tener ese honor —dijo ella en un tono muy pesaroso. —¿Tal vez en el próximo baile?

Tratando de ocultar su decepción, Blake finalmente sacudió la cabeza. —Debo partir hacia el Canal de la Mancha por la mañana —respondió. —Un asunto de seguridad nacional.

Los ojos de ella se abrieron de nuevo tras la máscara, y Barbara estaba a punto de pedir más información cuando la música terminó y lord Dorchester apareció junto a su codo.

—¿Mi señora? —dijo él antes de llevársela en dirección a la sala de la cena, sin darle a Blake la oportunidad de hacer siquiera una reverencia a la Pequeña Bo Peep.

A Blake se le erizó la piel al perder contacto con la hija del baronet. Había sido tan fácil hablar con ella. Tan fácil de bailar con ella. Ya había decidido que probablemente ella no era atractiva para los ojos -de lo contrario ¿por qué habría llevado una máscara que casi le cubría toda la cara?

Observando como lord Dorchester conducía a la deseada de su vida a la sala de la cena, Blake se colocó justo fuera del arco de la puerta, decidido a interceptar a Bo Peep cuando se moviera para salir. Tal vez podría conseguir permiso para enviarle una carta durante su próxima misión.

Permiso para visitarla cuando volviera a Londres.

Cuando el Molly regresara a Wapping, lo que no ocurriría hasta que su tripulación hubiera localizado y arrestado al corsario francés que, al parecer, estaba inundando Suffolk con brandy ilegal.

Blake permaneció un rato alrededor de la mesa de refrigerios, con la mirada fija en la entrada del comedor. Vio a varios aristócratas conocidos que se servían de la gelatina y el pudín de Yorkshire, de las fresas y de las rodajas de ternera. Aunque su estómago gruñó, resistió el impulso de unirse a ellos para no perder a Barbara al salir del comedor.

Cuando la orquesta tocó los primeros acordes del

siguiente baile, varias parejas salieron del comedor seguidas por una marea de aristócratas.

En ningún momento vio a Barbara. Tampoco vio a lord Dorchester ni a la doncella de Barbara salir del comedor.

Seguro de que la sala estaba casi vacía, Blake se abrió paso y buscó en vano. No estaba Barbara. Ni Dorchester. Ni la doncella.

Él frunció el ceño, observando que había otras dos salidas del comedor, aunque ambas conducían al mismo pasillo. Miró hacia arriba y hacia abajo en el vestíbulo, y una pizca de pánico se apoderó de él al no ver a su presa paseando por la alfombra Aubusson que cubría el vestíbulo.

Pensando que la Pequeña Bo Peep podría haber ido a los jardines a tomar aire, él volvió a salir y descubrió una situación similar a la que había visto antes, pero sin Barbara. Ni Dorchester.

De vuelta en el salón de baile, su mirada recorrió la multitud.

Su búsqueda de Barbara Wycliff resultó inútil.

Incluso su doncella ya no estaba en el salón de baile.

¿La sala de descanso, tal vez?

Atreviéndose a echar un vistazo al interior y escuchando sólo jadeos de protesta, cerró rápidamente la puerta y lanzó un suspiro de frustración.

Incluso Dorchester parecía haber desaparecido.

Disgustado por no haber podido vigilar a su Bo Peep y a Lord Dorchester, Blake se despidió de la mansión de Lord Weatherstone.

Justo a tiempo para ver cómo el carruaje de Lord Dorchester se alejaba de la acera y salía a una velocidad bastante insegura. Un segundo después el carruaje de Sir Peter Wycliff lo siguió.

¿Qué demonios?

Llamar a un carruaje resultó más fácil de lo que esperaba, pero dada la ventaja de los otros carruajes, el conductor de Blake no pudo determinar la dirección que podrían haber tomado una vez que llegaron a la calle Oxford.

Enfadado consigo mismo por haber perdido a su presa ‑y a la Pequeña Bo Peep‑, Blake hizo que el conductor lo llevara a Wapping y al muelle más cercano a donde estaba atracado su barco.

Tenía una carta que escribir a Lord Chamberlain.

CAPÍTULO 2
UNA MISIÓN INESPERADA

A la mañana siguiente

—¿*L*levaste el sable al baile de anoche? —preguntó Nelson mientras le lanzaba una mirada superficial al capitán. Desde el momento en que Blake Russell le había dicho que iba a asistir a un baile de disfraces, el primer oficial pensó en tomarle el pelo. —Me sorprende que el mayordomo te haya dejado entrar en su mansión.

Blake levantó la espada curva hacia un lado, simulando que tenía la intención de hacerla caer sobre la cabeza de Nelson. —No sólo me la llevé, sino que me alegro de haberlo hecho. Una joven disfrazada de la Pequeña Bo Beep aceptó bailar conmigo.

Las tupidas cejas de Nelson se agitaron. —¿Qué hizo ella con sus ovejas mientras bailaba contigo?

—Las dejó en los jardines —contestó Blake, siguiéndole el juego a su primer oficial. Se puso serio y adoptó una postura destinada a infundir miedo a cualquiera que se atreviera a subir a su barco, o a tomar el mando de él.

El primer oficial enarcó una ceja. —Ciertamente pareces un pirata moreno. ¿Estás pensando en decapitar a alguien?

Blake miró a Nelson con aire de tranquilidad. Teniendo en cuenta su cabello oscuro, su pecho ancho, sus manos fornidas y el bronceado permanente que había adquirido durante su estancia en el mar, Blake tenía el "moreno" a raudales. Y el perro de mar tenía más de dos décadas de experiencia como tripulante. —Esperaba meterle un poco de miedo al malhechor que piensa tomar el mando de mi barco —respondió él. —No puedo creer que Fitz me desafiara anoche cuando subí a bordo—. Se puso su chaleco de cuero negro, y luego pensó en ponerse los anillos y cadenas de oro que ayudaban a completar su conjunto como capitán de un barco pirata. Desde luego, habían funcionado bien en el baile de Weatherstone.

Nelson puso los ojos en blanco. —Fitz estaba borracho, te digo. Ni siquiera se acordará de que te retó. ¿Y por qué demonios ibas a asistir a un baile de disfraces?

Blake puso los ojos en blanco. —Fue un encargo,

el cual no salió bien. Aunque... —Se detuvo un momento, recordando que sí disfrutó una parte de la velada. —Podría acostumbrarme a asistir a bailes con cena gratis. Las croquetas de langosta estaban especialmente buenas —añadió, decidiendo no mencionar que era la única comida que había podido probar. —Dime, ¿qué es lo que tiene Fitz tan molesto?

Su primer oficial negó con la cabeza. —No estabas a bordo antes de las diez. Dijo que te habías saltado el toque de queda y que, por lo tanto, "no eras apto para el mando", creo que fueron sus palabras.

Arrugando una ceja, Blake pensó que el maestre de navegación podía tener razón. Sí se había saltado el toque de queda -las diez de la noche antes de que tuvieran que zarpar- por más de tres horas.

—No saldrá nada del desafío —continuó Nelson. —Además, nadie de la tripulación votará por él—. Tras enterarse la semana anterior de que Blake no era el dueño del *Molly* ni había sido -ni sería nunca- un pirata, Nelson seguía sintiéndose un poco embaucado.

¿Cómo no lo había sabido él?

—Más vale que no lo sepan —refunfuñó Blake. Esta tripulación en particular estaba formada casi en su totalidad por hombres que él había elegido, y aunque algunos habían trabajado anteriormente en barcos propiedad de piratas -y la mayoría de ellos para el anterior capitán del Molly- todos sabían que el

Molly era más un barco de oportunidades que un usurpador de las recompensas de otros barcos.

A menos que esas recompensas fueran ilegales. Entonces eran un juego limpio.

Nelson se encogió de hombros. Había servido en el *Molly* durante varios años a las órdenes del anterior capitán, Jack Crawley, y nunca había sospechado que Jack fuera otra cosa que lo que parecía ser.

Un hombre de provecho.

Uno cuyas oportunidades se traducían en una generosa paga y en un botín compartido para los que estaban bajo su mando. Nelson había comprado una casa de campo junto al mar en Yorkshire con lo que había ganado en sólo dos largos viajes con el antiguo capitán. Algún día, cuando terminara de navegar, se retiraría a la casa de campo. Mientras tanto, servía de hogar para su hermana viuda y sus dos sobrinos.

En cuanto al antiguo capitán, Crawley había llevado con soltura el traje negro de capitán de barco pirata.

Adornado con cadenas de oro y luciendo un diente de oro, Crawley realmente infundía temor en los corazones de aquellos cuyos barcos abordaban. Los contrabandistas y los piratas de la competencia sabían que debían mantenerse alejados del *Molly*, para que no les confiscaran su carga.

Los contrabandistas fueron detenidos. Se confiscaron licores. Los piratas fueron puestos fuera del negocio.

Y entonces, ocurrió un incidente muy desafortunado.

Mientras estaba en una misión para localizar a un duque desaparecido en las Cícladas, el capitán Jack Crawley conoció a una joven y se enamoró.

No fue desafortunado para Nelson, por supuesto. El retiro de Crawley le permitió ascender. Nelson era ahora el primer oficial.

Tampoco fue desafortunado para el duque, quien fue encontrado y devuelto ileso a las costas británicas. Pero para la tripulación del Molly, significaba despedirse de un hombre al que habían llegado a querer y respetar durante los años que había comandado el barco.

Blake Russell, el primer oficial en ese momento, había asumido el mando ante la insistencia de Matthew Fitzsimmons, Vizconde Chamberlain, jefe del Ministerio de Asuntos Exteriores. Mientras tanto, se había hecho creer a la tripulación que Blake había comprado el *Molly* a Jack.

Nadie sospechaba que el barco era realmente propiedad de la Marina británica.

Blake también había tomado el mando porque era el único otro tripulante que trabajaba para el Servicio Exterior. Nelson también sabía que Jack Crawley ahora tenía un apodo completamente diferente cuando estaba en suelo inglés.

Alexander Bradley.

Su actual mando era un gran escritorio de madera en la Oficina de Guerra de Horseguards.

La mera idea de estar atrapado detrás de un escritorio y pasar días enteros encerrado hizo que Nelson se estremeciera.

Mientras tanto, Blake consideraba lo que el *Molly* tenía previsto hacer ese día. Para cuando el sol alcanzara su cenit, el barco estaría en el Canal de la Mancha en busca de un contrabandista francés de brandy que, al parecer, había estado transportando el licor y escondiendo los barriles en una cueva al norte de la costa de Suffolk.

Un golpe hizo que Blake y Nelson dirigieran su atención a la puerta del camarote del capitán. —¡Entre! —dijo Blake en voz alta.

El tripulante más joven del barco, Flinn, apareció al otro lado de la puerta entreabierta. —Mensaje para usted, capitán —dijo, sin aliento, mientras extendía una misiva sellada. —Lo entregó un hombre con librea azul y verde.

—¿Librea? —repitió Blake, justo antes de recordar que aún estaban en el muelle de Wapping, pero que estaba previsto que salieran en una hora: la marea estaba casi en su punto más bajo.

Tomó la misiva e inmediatamente notó el sello estampado en la cera roja del reverso.

Chamberlain.

Blake maldijo y rompió el sello, preguntándose cómo era posible que su carta, en la que se detallaba el fracaso de la noche anterior, ya hubiera sido entregada -y respondida- por el vizconde con tanta rapidez. La había enviado con un mensajero al Ministerio de Asuntos Exteriores sólo una hora antes.

Al desplegar la misiva, una sensación de premonición acompañó a la alarma que sentía.

Russell,

Ha habido un secuestro. La hija de Sir Peter Wycliff, un baronet de considerable riqueza. No se han recibido las condiciones, pero un sirviente que siguió al secuestrador informa que fue llevada a bordo del Tuscan al amparo de la oscuridad. El informe dice que el barco zarpó esta mañana al amanecer. Los destinos probables son Calais y Le Havre. También se sabe que el barco navega por el Mediterráneo.

Asignación: Perseguir, recuperar y devolver a la señorita Wycliff a las costas británicas lo antes posible. La identidad de la carga es confidencial. El pago por la entrega a Parkenhurst House será en libras esterlinas.

Chamberlain.

· · ·

Maldiciendo, Blake recordó lo que había sucedido la noche anterior. El carruaje del baronet Wycliff había salido a toda prisa de la mansión de Weatherstone, pensó él, con la señorita Wycliff dentro. Ahora se daba cuenta de que probablemente llevaba a la doncella de la dama.

Entonces, ¿quién se había llevado a la señorita Wycliff?

¿A su Pequeña Bo Peep?

Un recuerdo del carruaje de Lord Dorchester alejándose a toda velocidad vino a él en un instante.

La indignación se apoderó de él al inhalar lentamente. ¿Había zarpado Dorchester con la deseada de su vida? La noche anterior, el barón había dirigido varias miradas de reproche en su dirección. Tal vez sus atenciones hacia la hija del baronet habían retrasado el plan del barón.

Él sacudió la cabeza.

Había estado vigilando a Dorchester para asegurarse de que no se llevara algo de valor de la mansión de Lord Weatherstone.

Blake parpadeó.

La señorita Barbara Wycliff era algo de valor. Su padre era rico. Un secuestrador podía exigir...

—¡Maldición! —exclamó Blake a nadie en particular.

Sin embargo, todos los que estaban en sus

aposentos se sobresaltaron al oír su maldición y se pusieron firmes.

Dorchester ⁻o quienquiera que fuera el que se había llevado su Pequeña Bo Peep⁻ no llegaría muy lejos, se prometió a sí mismo.

Volvió su atención hacia su primer oficial. —Izen las velas. Sáquenos de aquí y diríjase al Canal. Ahora.

—Sí, capitán—. Sabiendo que no debía cuestionar una orden, Nelson se levantó y salió de los aposentos del capitán tan rápido como su corta estatura se lo permitía.

Blake dirigió su atención a Flinn. —Encuentre al *Tuscan*. Salieron del puerto al amanecer con un cargamento ilegal, y vamos a recuperarlo.

—A la orden, señor—. Flinn hizo una pausa. —¿Bajo qué enseña, capitán?

Blake inhaló y consideró las opciones. Ellos tenían banderas para cualquier número de países, así como la bandera pirata. —Británica, por ahora —respondió. No se atrevía a arriesgarse a que un buque naval británico les disparara hasta que estuvieran bien adentrados en el Canal.

Flinn se apresuró a ir en dirección al mástil principal. Era el más pequeño de la tripulación del *Molly*, pero también era rápido y tenía una vista de águila. Como vigía, su trabajo requería que pasara la mayor parte del tiempo en lo alto del mástil principal, en la cofa, con un catalejo.

Se detuvo en la base del mástil para ayudar al maestro de navegación resacoso, Fitz, a izar la vela mayor, y luego trepó al mástil principal. Una vez en la cofa, comenzó a inspeccionar los barcos cercanos, con la intención de localizar a alguien que pudiera saber algo sobre el *Tuscan*.

Al ver a un mozo en uno de los muelles, lo saludó. Cuando el joven lo reconoció, Flinn gritó: —¿Ha visto al *Tuscan* esta mañana?

El mozo negó con la cabeza, pero señaló a otro trabajador del muelle y repitió la pregunta.

—Salió al amanecer. Aún no había bajado la marea. Se dirigió al norte, seguido de las salidas habituales.

Flinn dio las gracias y se preguntó por qué el capitán del *Tuscan* saldría de Wapping antes de la marea baja. Comprobó el viento. La salida de tantos barcos a primera hora de la mañana significaba que el *Tuscan* no habría podido moverse muy rápido. Eso, y la falta de viento y las mareas de esa mañana significarían una marcha lenta para un barco de vela.

Silbando a Fitz, Flinn le comunicó lo que había averiguado del mozo. Fitz confirmó la noticia y se dirigió a los aposentos del capitán.

. . .

irigiéndose a la única mesa de su camarote, Blake desenrolló un mapa del Canal y trazó las rutas habituales hacia Calais y Le Havre. Si el *Tuscan* también navegaba por el Mediterráneo, era posible que Calais no fuera más que una breve parada antes de que el barco se dirigiera a las Puertas de Gibraltar. Si el *Molly* no lo alcanzaba antes, tal vez lo hiciera en las Puertas.

Gracias a los dioses, el contramaestre había llenado la bodega de provisiones el día anterior. Tenían suficiente para durar al menos quince días en el mar. Suficiente para recorrer los tres mil kilómetros hasta las Cícladas si los vientos favorecían al *Molly*.

Blake esperaba que no tuvieran que ir tan lejos. No quería perder otro miembro de la tripulación por una chica griega.

Un ligero temblor bajo sus pies le indicó que el *Molly* ya no estaba amarrado al muelle. Los gritos en cubierta le hicieron ver que habían dejado atrás a los otros barcos. Unos minutos más tarde, supo que se dirigían al este, hacia el Canal.

Cuando Nelson regresó al camarote del capitán, Blake levantó la vista del mapa. —¿Ha oído hablar del *Tuscan*?

Nelson enarcó una ceja. —¿El barco de Bimmington?

Blake dio un respingo. El capitán Bimmington no era conocido como contrabandista, y mucho menos por secuestrar a las hijas de los ricos.

—Cayó en manos de un corsario durante un tiempo, pero ha vuelto a navegar bajo bandera británica, por lo que sé —murmuró Nelson mientras se pasaba una mano por su corta barba.

Con las cejas fruncidas, Blake dejó escapar un suspiro de frustración.

¿Alguien había tomado el barco de Bimmington?

¿O acaso él no sabía que llevaba un cargamento de contrabando?

Tal vez el capitán había caído en desgracia y había aceptado un soborno para hacer la vista gorda. O había cedido su mando a otro mientras él pasaba un tiempo en la capital con permiso para bajar a tierra.

O alguien le había robado el barco.

Aunque esto último parecía ser muy poco probable.

Fuera cual fuera la situación, Blake decidió que no podía confiar en que el capitán del barco fuera a ser de ayuda una vez que encontraran el *Tuscan*.

Un toque hizo que los dos se volvieran para encontrar a Fitz en la puerta. —Con permiso del capitán, pero Flinn dice que el *Tuscan* salió al amanecer, en dirección al Canal, con poco viento.

Blake intercambió miradas con Nelson y arqueó

una ceja. —Tomo nota. Ahora, ¿le importaría explicar por qué me desafió por el mando de este barco?

Los ojos de Fitz se abrieron de par en par. —¿Perdón, capitán?

Nelson hizo todo lo posible por reprimir una sonrisa. —Se lo dije.

—No quiero el mando del *Molly* —dijo Fitz, con la mandíbula floja.

—Entonces tal vez quiera dejar el ron después de uno o dos tragos —respondió Blake.

Fitz parpadeó. —Sí, capitán—. Se dio la vuelta para irse y luego se detuvo. —¿Es nuevo ese sable, capitán?

Riéndose, Nelson señaló la puerta. —Iza las velas, maldita sea.

Con los ojos muy abiertos, Fitz asintió y se apresuró a salir. Cuando la puerta se cerró, Blake dirigió su atención a su primer oficial.

—Muelles abarrotados a esa hora de la mañana —murmuró Blake.

—Bimmington todavía nos lleva casi cuatro horas de ventaja —respondió Nelson. —Pero seremos más rápidos por la mitad o más una vez que estemos en el Canal.

Otro golpe en la puerta les hizo volver su atención para encontrar que Fitz había regresado. —Perdone la interrupción, capitán, pero... —Suspiró y se rascó la oreja.

—¿Qué sucede?

—Encontré a un polizón, capitán.

Blake parpadeó. —¿Un polizón? —repitió. Durante todo el tiempo en que había servido en el *Molly*, nunca habían tenido un polizón.

—Ella dice que fue enviada por un tal señor Wycliff.

Al imaginar a una madre angustiada y decidida a encontrar a su hija, Blake puso los ojos en blanco. —¿Cómo diablos subió a bordo? —murmuró, sin esperar respuesta.

—Por la rampa, capitán. Subió a bordo antes de que Blakely se encargara de subir la rampa. Tiene papeles.

¿Papeles?

—Me ocuparé de esto —dijo Nelson, dirigiéndose a la puerta.

Blake sacudió la cabeza. Una mujer a bordo de un barco no daría más que problemas. Aunque su tripulación había disfrutado de unos días de permiso en tierra, la presencia de una mujer no presagiaba nada bueno. Por supuesto, si se trataba de una vieja arpía, no tendría nada de qué preocuparse.

Probablemente.

Cuando la puerta se abrió de nuevo, él echó un vistazo y emitió un gruñido.

CAPÍTULO 3

UNA CRIADA CUENTA LA HISTORIA

La señorita Althea Woodcock se detuvo en el umbral del camarote del capitán e hizo una reverencia. —¿Cómo está? —dijo, con la mirada fija en los dos hombres que la estaban mirando. —He traído un papel importante para el capitán Russell. Me preguntaba si podrían indicarme dónde podría encontrarlo.

Al enterarse de que tenían un polizón, Blake esperaba que fuera un agente del Ministerio de Asuntos Exteriores. Alguien con más detalles sobre el secuestro. Pero la joven que estaba ante él definitivamente no era empleada del Ministerio de Asuntos Exteriores. De hecho, su traje práctico y su abrigo monótono sugerían que era una sirvienta y no una pariente de la señorita Barbara Wycliff.

Él estaba a punto de decirle que ella lo había encontrado cuando sus ojos se abrieron de par en par.

—¿Blake?

Blake parpadeó.

Los ojos de Nelson se abrieron de par en par al pronunciar "Blake" y le dirigió una mirada apreciativa a su capitán.

Ignorando a su primer oficial, Blake miró a la joven en un intento de recordar cómo había ido vestida la noche anterior. Evidentemente, ella había asistido al baile, pues ¿quién más podría conocerlo por su nombre de pila? Hacía años que no lo usaba.

Al imaginar a la joven con un antifaz cubriendo sus ojos, Blake se dio cuenta de que era la doncella de la señorita Wycliff. —Yo soy el capitán Russell —dijo él, dando un paso adelante para hacer una reverencia. —Me alegro de volver a verla, señorita, aunque me gustaría que fuera en mejores circunstancias.

—Señorita Woodcock —respondió ella, extendiendo una mano en espera de estrechar la del capitán. —Yo también me alegro de volver a verlo—. Su mirada se fijó en su forma de vestir y sus ojos se abrieron de par en par, sorprendidos. —¡Realmente usted es un pirata!

Blake negó con la cabeza. —Difícilmente —dijo mientras tomaba una de sus manos enguantadas y se la llevaba a los labios. Los rozó sobre el algodón. —Señorita Woodcock —dijo él. Con el rabillo del ojo, notó que Nelson miraba fijamente a la joven, casi como si la reconociera.

—El señor Wycliff me pidió que le diera esto —dijo ella mientras le tendía una carta doblada. —Fue entregada en Parkenhurst House mientras el baronet estaba en Chamberlain House. Sir Peter insistió en que se la trajera a usted lo antes posible.

Tomando la misiva, Blake miró a la mujer un momento. Estaba a punto de preguntar por qué el lacayo que había entregado la nota anterior de Chamberlain no había traído ésta también, pero entonces se dio cuenta de que el señor Wycliff no se habría enterado de ello hasta su regreso a casa tras reunirse con el vizconde Chamberlain. Dado que Wycliff había estado en la Casa Chamberlain -probablemente mucho antes del amanecer- significaba que debía haber sido presentado al vizconde Chamberlain en el pasado.

Tal vez eran amigos, o asistían al mismo club de hombres. De lo contrario, ningún baronet, por muy rico que fuera, haría una visita al jefe del Ministerio de Asuntos Exteriores en plena noche.

Pero ¿por qué enviar a una mujer como mensajera? Seguramente un lacayo habría sido una mejor elección para traer la carta.

Como si la señorita Woodcock pudiera adivinar sus pensamientos internos, dijo: —Soy la doncella de la señorita Wycliff. Yo... —Aquí hizo una pausa y se permitió un suspiro que sugería tristeza. —Fui yo quien siguió al secuestrador desde la mansión de Lord Weatherstone anoche —explicó. —Gracias a Dios que el carruaje de los Wycliff estaba cerca cuando ese malvado se llevó a mi señora. Y que nuestro conductor pudo seguirle el ritmo. Pero no pudo adelantarse al carruaje del secuestrador y, antes de que me diera cuenta de lo que estaba ocurriendo, el canalla estaba subiendo a mi señora por la rampa hasta el *Tuscan*.

Los ojos de Blake se abrieron de par en par. —¿Usted lo vio?

Recordó una vez más cómo el carruaje de Wycliff se había alejado a toda velocidad de la mansión de Weatherstone persiguiendo a otro carruaje. Oh, ¡cómo deseaba haber salido de la mansión unos minutos antes de lo que lo hizo!

Entonces podría haber frustrado el secuestro antes de que se produjera.

Althea asintió, pero puso los ojos en blanco. —Salvo que era un baile de disfraces, así que él iba enmascarado, al igual que mi señora. Nunca se quitó la máscara, ni siquiera después de robársela.

—¿Supongo que él no se presentó? —Incluso antes de terminar de hacer la pregunta, Blake sabía cuál sería la respuesta. A ningún hombre se le permitiría presentarse simplemente a una joven; tendría que pedir que otra persona lo hiciera.

Lo cual no era exactamente cierto en su caso con la Pequeña Bo Peep, pero entonces ella había iniciado su presentación.

—No lo hizo, pero... —Althea se permitió un suspiro. —No puedo evitar pensar que él me resultaba... familiar.

Aunque el comentario hizo que Blake estuviera a punto de preguntar por qué, tenía más curiosidad por saber cómo había acabado la doncella en un baile de disfraces de la alta sociedad. La pequeña Bo Peep, o mejor dicho, la señorita Wycliff, había mencionado algo sobre la doncella. Algo sobre "¿quién lo iba a saber?" pero su atención había estado tan atraída por la joven, que no recordaba si ella le había dado una razón. —¿Por qué estaba usted allí exactamente?

Un rubor coloreó el rostro de Althea y bajó la cabeza. —Mi señora... deseaba compañía y necesitaba una chaperona. Me pidió que la acompañara. Como todo el mundo iba a llevar una máscara, dijo que nadie se daría cuenta. Pero un hombre la reconoció, porque se acercó a ella después de una danza y le ofreció una copa de champán.

—¿Cómo sabe que él la reconoció?

—Se dirigió a ella por su nombre, señor. Con toda propiedad—. Ella frunció el ceño. —Tuve la intención de seguir a ese hombre hasta la rampa del *Tuscan*, pero el conductor no quiso saber nada. Me llevó de vuelta a Parkenhurst House rápidamente para que yo pudiera decírselo a Sir Peter.

—Menos mal que usted no subió a ese barco —dijo Blake —o Sir Peter no habría tenido ninguna advertencia.

Sin embargo, la doncella no parecía aplacada y bajó la cabeza con desesperación. —Me temo que mi señora quedará arruinada —susurró.

—No si nadie más que nosotros se entera de esto —replicó Blake mientras rompía el sello de cera de la carta. Desplegándola, la sostuvo a la luz de la única ventana del camarote. Entrecerrando los ojos, se esforzó por leer la letra desordenada y masculina antes de mostrársela a Nelson. —¿Puede entender estas palabras? —preguntó él.

Como si lo hubieran sacado de un trance, Nelson tomó la carta y estudió la letra por un momento. —Es la nota de rescate, y dada su hora de entrega, diría que nuestro secuestrador organizó su llegada precisamente en el momento adecuado para asegurarse de que el *Tuscan* estuviera ya de camino al Canal.

—¿A dónde?

—A Calais, según esto. El pago por la suma de veinte mil libras debe ser llevado a Le Chariot Royal, una posada, creo que dice, en la calle Edmond Roche —murmuró, luchando con las palabras en francés.

—Amás tardar a las siete de la tarde—. Nelson dejó escapar un silbido bajo mientras volvía a centrar su atención en Blake. Se levantó y se apresuró hacia la puerta. —Le diré a Flinn hacia dónde dirigir su catalejo —dijo antes de desaparecer.

Althea lo vio irse antes de volver a centrar su atención en Blake. —¿Va a recuperar a mi señora?

Blake asintió. —Oh, sí. Con un poco de suerte y un buen viento, la recuperaremos antes de que el *Tuscan* llegue a puerto en Calais —le aseguró, sintiendo un poco de orgullo al ver su reacción de alivio.

La sensación más extraña hizo que su corazón se apretara en ese momento. Hasta que no alcanzaran al *Tuscan*, la señorita Barbara Wycliff estaba en peligro. En peligro de perder su virtud. De perder su vida.

La idea de decapitar a su secuestrador con su sable le dio una sensación de propósito. ¿Cómo se atrevía ese canalla a llevarse a su Pequeña Bo Peep?

Entonces Blake se dio cuenta de cómo reaccionó la doncella ante su declaración. Obviamente estaba impresionada por lo que él pretendía hacer, así que pensó en moderar un poco su reacción. —¿Supongo que Sir Peter no le habrá dado las veinte mil libras para el rescate? —preguntó él a medias. Si el *Molly* no hubiera estado disponible, ¿habría abordado ya el baronet un barco rápido con la intención de llegar a Calais antes de la fecha límite?

Althea negó con la cabeza, con los ojos abiertos por la sorpresa. —Me parece que no. No puedo imaginar que él sea capaz de conseguir una suma tan grande en tan poco tiempo—. Sus ojos se desviaron hacia un lado. —A no ser que por casualidad él guarde esa cantidad de dinero en su estudio —añadió.

Casi como si ella supiera que él lo tenía.

Blake frunció el ceño y decidió ignorar el comentario.

Las palabras de ella no hacían más que reforzar la necesidad de interceptar al *Tuscan* antes de que llegara al puerto de Calais. Dado que Chamberlain los había enviado para encontrar a la señorita Wycliff, él más bien dudaba que el baronet tuviera alguna intención de navegar hacia Calais hoy. —Mientras tanto...

¿Mientras tanto? ¿Qué se suponía que iba a hacer con la doncella? O más bien, ¿qué iba a hacer ella durante todo el día? A su velocidad actual, probablemente no llegarían a Calais hasta las tres o cuatro de la tarde.

—Si se me permite, ¿puedo simplemente observar desde la barandilla? —preguntó ella. —Prometo no estorbar a sus hombres.

Frunciendo una ceja, Blake meditó su pregunta. —El viento es especialmente fuerte —le advirtió.

—No me importa. Sólo voy a desayunar algo. La cocinera me envió con un poco de comida —contestó ella mientras indicaba su bolsa cargada. —Dijo que me ayudaría en caso de que me mareara.

La mención de la comida hizo que el estómago de

Blake rugiera, lo que le recordó que aún no había bajado al comedor a desayunar. Las croquetas de langosta de la noche anterior no habían durado mucho más allá de la danza de la cena. —Muy bien. Pero si el viento es demasiado, puede volver aquí —le ofreció. —Permítame acompañarla al mejor mirador del barco—. Él le ofreció su brazo y, con una brillante sonrisa, Althea puso su brazo sobre el de él, y se dirigieron a la barandilla de la proa.

CAPÍTULO 4

UNA JOVEN INGENIOSA

Mientras tanto, en el Canal de la Mancha

*L*a señora Barbara Wycliff supo que algo estaba mal en cuanto su nariz detectó un olor inusual. Su ropa de cama nunca había olido así. A rancio, con un matiz de sal y sudor. Arrugó la nariz con fastidio y movió la cabeza, preguntándose por qué le dolía el cuello. Por qué sus brazos parecían estar clavados debajo de ella. ¿O estaban detrás de ella?

¿Qué dirección era arriba?

No tomé más que una copa de champán, pensó mientras movía experimentalmente un dedo y sentía algo áspero. Áspero y nada agradable que rodeaba sus muñecas.

Ni siquiera su peor pulsera -la pulsera de plata que le había regalado su hermano mayor por su decimosexto cumpleaños- era tan mala como la que llevaba ahora. Y esa pobre excusa de joya había sido relegada al fondo de su joyero al día siguiente de abrir la bolsa de terciopelo, segura de que no había sido hecha por ninguno de los plateros de Ludgate Hill.

¿Cómo podía pensar su hermano que a ella le iba a gustar el horrible diseño de vides entrelazadas con hojas que sobresalían en todas direcciones? Esas mismas hojas puntiagudas que amenazaban con empalar su delicada y pálida piel a cada giro de su muñeca. Ni siquiera podía llevarlo con ninguno de sus vestidos de baile para no apuñalarse en medio de un cotillón o estropear la fina seda de su vestido. Incluso su pareja de baile correría el riesgo de lesionarse.

Por un momento, el suelo pareció desaparecer de debajo de ella, para luego volver a su sitio, y Barbara temió estar enferma.

¿Una copa de champán?

¿Podría el champán hacerla sentir tan incómoda?

El sonido de una voz lejana -que sin duda pertenecía a un miembro del sexo opuesto- la hizo agudizar el oído. No parecía uno de los lacayos de la Casa Parkenhurst, ni el mayordomo. Lo que la hizo abrir un ojo.

Levantó la cabeza y siseó por el dolor que sentía

en el cuello. ¿Se había quedado dormida en el carruaje de camino a casa después del baile? De ser así, éste tenía que ser el carruaje más feo en el que había viajado.

¿Qué sucedió con el terciopelo azul celeste que cubría al carruaje de su padre? ¿A los cómodos asientos que le proporcionaban un mínimo de comodidad mientras la llevaban de casa a los espectáculos de Londres durante la temporada?

El suelo pareció moverse de nuevo y Barbara abrió los dos ojos.

Inspiró bruscamente y se dio cuenta de que no estaba en un carruaje urbano, ni en un mugriento coche de alquiler, ni siquiera en un medio de transporte. Al menos, no uno que se ocupara de llevarla a casa desde el baile de disfraces de los Weatherstone.

El intento de llevarse una mano a la cara se encontró con una resistencia que, en ese momento, comprendió que no se debía a la horrible elección de joyas de su hermano, sino a las ataduras que sujetaban sus muñecas a la espalda.

El impulso de lanzar una maldición poco femenina era demasiado fuerte para ignorarlo. —*Maldita sea* —susurró con voz ronca. Giró la cabeza hacia la izquierda y la derecha, aliviada de ver al menos una ventana, aunque de ella salía muy poca luz. Se encontraba sentada, pero no en un sillón de terciopelo.

Estaba en una silla, y no una construida para la comodidad.

Cuando se inclinó hacia adelante para ponerse de pie, descubrió que no podía. Al menos, no fácilmente. Se inclinó hacia delante y se levantó, sin poder enderezarse del todo debido a la combinación de sus manos atadas a la espalda y al respaldo de la silla. Al darse la vuelta, soltó otra maldición cuando confirmó que no estaba en un carruaje, ni siquiera en un vehículo de alquiler.

—*¡Maldición!*

Esta vez, la exclamación fue más audible.

Una puerta se abrió y el aire viciado se arremolinó a su alrededor cuando ella se volvió para descubrir a un hombre vestido con traje de noche que la miraba con una expresión de diversión.

—Nada de esto es divertido, señor —dijo ella, mientras uno de sus pies intentaba pisar las ásperas tablas de madera bajo sus zapatillas de raso negro.

El movimiento no hizo ningún ruido, ni provocó ninguna vibración en el suelo, lo que sólo la molestó más. Barbara dejó escapar un sonido de frustración. Sabiendo que se veía ridícula, vestida como la Pequeña Bo Peep y toda doblada y atada a una silla, se inclinó hacia atrás y dobló las rodillas hasta que las patas de la silla hicieron contacto con el suelo, y luego se sentó con un resoplido.

—Supongo que no —asintió el hombre, enderezándose una vez que atravesó la pequeña abertura y se adentró por completo en la diminuta habitación.

Barbara miró fijamente al hombre alto, una combinación de miedo y fastidio que le impedía a ella responder. Al principio, no tenía ni idea de quién era, lo que significaba que no habían sido presentados correctamente. Pero su ropa de gala sugería que él tampoco había llegado a casa después de sus entretenimientos nocturnos. Al estudiar su ropa más de cerca, y luego imaginarlo con una máscara negra, se dio cuenta de que *sí* lo había visto en el baile de disfraces de la noche anterior.

—Todo esto debe terminar al final del día —dijo él de manera muy razonable.

—*¿Esto?* —repitió ella, haciendo una mueca cuando se dio cuenta de que ella había hablado.

—Es un asunto desagradable, lo sé. Pero es necesario si quiero ganar lo suficiente para cubrir mis gastos durante el próximo año. Creo que con veinte mil libras será suficiente —dijo mientras fingía examinar sus uñas. —Ya se ha enviado una nota a su padre.

Arrugando las cejas, Barbara miró al hombre bien vestido un momento mientras consideraba sus palabras. —No nos han presentado —comentó ella.

Los ojos de él se desviaron hacia un lado, como si le diera importancia a su comentario, y sacudió la cabeza. —No, no hemos sido presentados —coincidió él, justo cuando el suelo bajo ellos se movió.

El movimiento hizo que Barbara se diera cuenta de que no estaba en tierra firme, sino en el agua.

Había estado en un barco de vela una vez, cuando sus padres la habían llevado al Reino de las Dos Sicilias durante un mes. Al cabo de unos días, se había adaptado al constante movimiento ascendente y descendente del agua. Le gustaba por la noche, cuando la arrullaba. Lo toleraba durante las horas de luz entre las comidas, cuando pensaba que podría vomitar lo último que había comido.

Era extraño que no se mareara durante las comidas. Lo que la hizo darse cuenta de que estaba a punto de enfermarse.

—¿Hay algo para comer? —preguntó ella, ignorando el comentario sobre su padre. Al menos, al principio. ¿Se refería él al dinero para un rescate? ¿La habían secuestrado? ¿Nada menos que en el baile de disfraces de Lord Weatherstone?

—Puedo pedir que traigan una bandeja —respondió él.

Ella arqueó una ceja. —¿Ahora? —Ella miró alrededor, en busca de un cubo. —No me siento muy bien —añadió, asegurándose de parecer lo más pálida posible.

No era difícil.

Observó su forma de vestir y se estremeció. Había

pensado que su decisión de vestirse como la Pequeña Bo Peep inspirada, pero este disfraz no le iba a servir en este día. Había elegido el vestido porque era perfecto para sus caderas anchas y su estrecha cintura. En un barco tripulado por, bueno, *hombres* -y sin chaperona a la vista- ella podría quedar arruinada.

Lo que la llevó a preguntarse qué habría sido de su doncella. Woodcock había estado con ella en el baile, apropiadamente ataviada con el vestido que Barbara debería haber llevado. Su ornamentada máscara había impedido que nadie adivinara que era una sirvienta.

—¿Qué hay de la mujer con la que estuve en el baile? ¿Mi... acompañante? —Cuando la tía Lilly le comunicó que su gota se había agravado y no le permitiría asistir al baile de máscaras, Barbara había pensado simplemente en quedarse en casa. Pero Woodcock se había apresurado a sugerir que se le permitiera ir a ella en lugar de la tía Lilly. Si alguien le pedía a la doncella que bailara, ella fingiría un pie lesionado o sólo aceptaría una invitación para un baile campestre inglés que conociera.

Una ceja arqueada precedió a la respuesta del secuestrador. —Estoy bastante seguro de que no sé a quién se refiere—. Entonces él frunció el ceño, aparentemente notando por primera vez que Barbara estaba realmente a punto de vomitar.

Desapareció rápidamente por la puerta, y otro hombre, definitivamente un marinero, dada su tez morena, su inusual forma de vestir desajustada y la falta de dientes, entró llevando un cubo.

Sólo por el olor de él hizo que Barbara tuviera arcadas.

—Bueno días, señorita —dijo él mientras ponía el cubo junto a su silla. —El cocinero tá trabajando en el desayuno -fruta y otras cosas- pero puedo traer gachas pronto.

Barbara se quedó mirando al marinero, sorprendida de poder entender su extraño acento. —Sí. Por favor, hágalo —respondió ella. —¿Y podría informarle a su capitán que he sido secuestrada y atada a esta silla con los medios de sujeción más incómodos? Insisto en que me los quiten, sobre todo porque necesitaré las manos para comer.

Los ojos del marinero se abrieron de par en par y luego se desviaron hacia un lado. —Pue creo que ya lo sabe, señorita.

—Oh, bien. Porque Lord Dorchester me visitará a las dos de la tarde, y no quiero perder la oportunidad de dar un paseo por el parque con él. Tengo tan pocas oportunidades, como ve —dijo mientras inclinaba la cabeza hacia un lado.

A decir verdad, sabía que el razonamiento de Lord Dorchester para llevarla a Hyde Park a las dos en lugar de la hora de costumbre, a las cinco, era probablemente porque no deseaba ser visto en su compañía.

La mayoría de sus pretendientes querían evitar ser vistos con ella. Ser visto con ella en la sociedad educada sugería una desesperación que sólo se encuentra en los hombres que necesitan fondos para cubrir deudas, o simplemente fondos en general.

No era una belleza ni mucho menos. Aunque tenía el pelo largo y castaño, era un castaño de características indistinguibles. No tenía vetas doradas ni reflejos rojos. No tenía rizos ni ondas naturales que hicieran fácil para su doncella para peinarla. Sólo mechones castaños y lisos.

Su rostro ancho tampoco ayudaba. Aunque tenía unos ojos muy abiertos que podrían considerarse exóticos, el resto de su rostro era simplemente eso. Una cara. Labios normales, desgraciadamente sin forma de capullo de rosa. Unas mejillas que no estaban realzadas por unos pómulos altos ni por un color rosado natural. Una nariz que no era ni respingona ni ganchuda ni fina. Una barbilla que podría haber sido un poco puntiaguda, si no fuera por el ligero aplastamiento en el borde que ayudaba a suavizar el efecto.

No, no era una belleza.

Pero era rica.

Al menos, su padre lo era. Su dote significaba que tenía cualquier número de magníficos jóvenes con invitaciones y llenando sus tarjetas de baile.

Sólo que no la cortejaban abiertamente.

Gracias al cielo, su padre podía permitirse las mejores modistas y modas de Londres. Puede que no fuera la joven más atractiva en un baile de gala, pero al menos podía ser la mejor vestida, aunque sus vestidos tuvieran que ser hechos especialmente para acomodar su enorme pecho y sus anchas caderas.

Si alguna vez hubo un cuerpo perfecto para tener hijos y un vestido adecuado para interpretar el papel de la Pequeña Bo Peep, ella sabía que lo poseía.

¿Qué más podía ofrecer a un posible marido?

Al olvidarse del mareo, Bárbara miró al marinero con el ceño fruncido. —Si el capitán lo sabe, ¿por qué sigo aquí? —preguntó, con una pizca de fastidio en sus palabras.

El marinero parpadeó. —No puedo decir que yo lo sepa, señorita —respondió. Entonces, antes de que ella pudiera preguntar nada más, él desapareció -o más bien se escapó- por la puerta, y Bárbara volvió a quedarse sola.

Repasó sus palabras en su cabeza. *¡El capitán lo sabía!* Y si lo sabía y no había acudido a rescatarla... ¡tal vez estaba involucrado en el secuestro!

¡O tal vez él también había sido secuestrado!

El estómago de Bárbara gruñó, recordándole que era de mañana. Una rápida mirada en dirección a lo que ahora sabía que era un ojo de buey confirmó que el sol había salido. No tenía ni idea de a qué altura.

Miró la puerta, pensando que el marinero no la

había asegurado con ningún tipo de mecanismo de cierre. Si pudiera inclinarse de nuevo hacia delante y ponerse en pie, podría avanzar en esa dirección. Deshacerse de la silla ayudaría enormemente, pero cómo conseguir que el duro respaldo se deslizara entre su espalda y sus brazos sería complicado.

Empujó los brazos hacia atrás todo lo que pudo y luego se estremeció al ver cómo su pecho se apretaba por encima del escote del vestido. A pesar del peligro de salirse del vestido, Barbara se inclinó hacia delante y movió los brazos.

Sintió que el respaldo de la silla cedía lentamente, y dio unos pequeños pasos hacia delante hasta que las patas delanteras de la silla de madera se engancharon en el suelo y el respaldo cedió por sus brazos.

Una vez libre, dobló una pierna para que la silla no cayera al suelo, y su pie con zapatillas se enganchó en la parte delantera y la bajó hasta que el borde quedó a pocos centímetros del suelo. Rápidamente dio un paso hacia delante y se estremeció cuando el respaldo de la silla enganchó la parte trasera de sus faldas. Al menos la silla no hizo mucho ruido cuando finalmente aterrizó sobre los tablones de madera.

Una vez más, al observar el cuarto -la luz del ojo de buey era definitivamente más brillante ahora-, Bárbara dedujo por los barriles y cajas apilados en un lado que estaba en una especie de almacén. Luego, cuando se giró para ver un catre y un pequeño armario en la pared opuesta, emitió un sonido de protesta.

¿Se supone que tengo que dormir en eso? se preguntó, con la nariz arrugada por las sábanas desordenadas. La idea de que la hubieran metido en el camarote de alguien casi la hizo sentirse mal de nuevo.

Consideró el cubo y la silla. Pensó en sus manos detrás de la espalda.

Bueno, al menos podría hacer que sus brazos estuvieran más cómodos. Dobló las rodillas y se puso en cuclillas todo lo que pudo y luego se dejó caer sobre su trasero, haciendo una mueca cuando se dio cuenta de que el suelo de madera probablemente no se había limpiado desde que se construyó el barco. Luego se inclinó hacia un lado y tiró de un brazo hacia delante antes de balancearse hacia el otro lado y hacer lo mismo con su otro brazo.

Maldiciendo por lo difícil que era poner los brazos alrededor de sus caderas, continuó balanceándose de lado a lado y tirando de los brazos hacia delante hasta que estuvieron debajo de sus muslos. Una vez dobladas las rodillas hasta la barbilla -o al menos el pecho-, pudo pasar las manos atadas por debajo de las piernas y los pies y rodear la falda y las enaguas. Cuando tuvo los brazos frente a ella, soltó el aliento que había retenido y maldijo.

Las ataduras eran de cuerda, lo que explicaba su

aspereza, pero al menos los extremos estaban anudados. Hizo una mueca mientras tiraba de los extremos con los dientes y emitió un sonido de disgusto cuando el nudo se liberó por fin y tuvo que apartar el material ofensivo de su boca con la lengua.

Con un gesto de dolor, Barbara se frotó las muñecas. Al menos sus guantes de seda, ahora arruinados, habían evitado que el cordel tocara directamente su piel.

Se puso en pie y se sacudió las faldas. Una rápida mirada a través del ojo de buey le permitió ver el agua casi hasta donde ella podía ver, aunque podría haber un indicio de los acantilados del sur de Inglaterra a la distancia.

¿O se trataba de alguna otra masa de tierra?

Barbara parpadeó. ¿Habían estado tanto tiempo en el agua? Recordó el comentario que hizo ese hombre de que todo esto terminaría para esta noche.

Aunque *¿dónde?* ¿A dónde la estaban llevando? ¿Y cómo se suponía que su padre iba a encontrarla?

Marchando hacia la puerta, la abrió para echarle un vistazo. Los olores de la cocina –y no muy buenos– asaltaron sus fosas nasales, pero no parecía haber nadie en la parte de la cubierta que ella pudiera ver. Abriendo más la puerta, se asomó y decidió que toda la tripulación debía haber ido a desayunar al comedor.

¿Era este barco tan grande como para tener un comedor?

Se escabulló, inhalando el aire fresco con apreciación. Mirando a izquierda y derecha y encontrando la cubierta despejada, cerró la puerta tan silenciosamente como pudo y se dirigió a la barandilla de estribor. Unos pocos pasos más hacia la proa y consiguió esconderse detrás de lo que, en ese momento, comprendió que era el camarote del capitán.

¿Acaso ese hombre no tenía respeto por sí mismo? Su camarote era una porquería. Incluso antes de llegar a la conclusión de lo que podría haberle sucedido ante la falta de una chaperona, Barbara evaluó su orientación.

Hacia el sur.

El barco estaba definitivamente navegando hacia el sur, lo que significaba que que desembarcaría en Francia, o giraría hacia el este y se adentraría en el mar. Otra opción era que siguiera la costa hasta el Estrecho de Gibraltar.

La idea de aguas abiertas le revolvía el estómago. Había hecho el viaje al Reino de las Dos Sicilias con sus padres cuando tenía catorce años. Le encantaban Roma y Florencia, Nápoles y Venecia. Pero había deseado la muerte cuando el barco navegó por el Mediterráneo.

Esto no era bueno.

Sobre todo porque, aunque ya no estaba atada a una silla en el camarote del capitán, no tenía a dónde ir.

Pensó brevemente en hacerse con una balsa salvavidas, pero los detalles sobre cómo subirse a ella, cómo echarla al agua y cómo remar la hicieron decidir que era mejor encontrar un lugar donde esconderse.

¿O debería volver al camarote del capitán y esperar a que le trajeran el desayuno?

CAPÍTULO 5
EN PERSECUCIÓN

Mientras tanto...

Con la insignia británica ondeando en el mástil más alto, el *Molly* logró salir del río Támesis y adentrarse en el Canal de la Mancha. El barco apenas había pasado los acantilados de Dover cuando los casquetes blancos prometían una dura travesía. El viento se había levantado, y aunque eso era un buen presagio para la velocidad del viaje, no facilitaba el trabajo de Flinn.

Con el catalejo puesto en el ojo, Flinn observó la línea donde el cielo se unía con el mar, esforzándose por concentrarse en el horizonte al sur mientras el barco se balanceaba y se agitaba. Las velas de su tercer mástil se habían desplegado una vez que habían pasado la bahía de Botany, y su velocidad casi había alcanzado el máximo cuando el castillo de Walmer apareció a la vista.

Los barcos que habían obstruido el Támesis a primera hora de la mañana se habían extendido por el agua, sus trayectorias formaban una especie de flor abierta. Algunos se dirigían al norte, con su carga destinada a Newcastle o Edimburgo. Otros se dirigían directamente a través del Mar del Norte hacia Bélgica o los Países Bajos. La mayoría se dirigía hacia el sur.

Sabiendo que el *Tuscan* era un buque mercante británico -un bergantín con dieciséis cañones-, Flinn ignoró los barcos de origen claramente portugués, español o francés. Sus perfiles distintivos los hacían fáciles de detectar, así que se concentró en los barcos ingleses.

Capaz de divisar un barco a casi veinticinco millas de distancia desde su percha en la cofa, Flinn apuntó el catalejo en dirección a Francia y esperó que su presa se dirigiera realmente a uno de los puertos franceses.

Al oír su nombre en voz alta desde abajo, Flinn se sobresaltó. Bajó el catalejo y miró abajo para descubrir al capitán Russell de pie en la cubierta con las manos en la cadera.

—¡Su destino es definitivamente Calais! —gritó Blake.

Flinn hizo una mueca antes de gritar: —Sí, capitán. No hay rastro del *Tuscan*—. Miró la posición del

sol -casi directamente por encima de ellos- y añadió:
—Pero todavía estamos a una hora de un probable avistamiento—. Había estado midiendo su velocidad a partir de puntos de referencia conocidos, impresionado por lo rápido que podía viajar el *Molly* cuando la velocidad era necesaria. El viento les favorecía, pero eso significaba que también favorecía al *Tuscan*. Aunque el barco de dos mástiles no podía empezar a igualar su velocidad, especialmente si estaba cargado.

Blake dejó escapar un suspiro que casi pudo ser escuchado por Flinn. —Si observa algún barco que pueda ser el *Tuscan*...

—Daré el aviso, lo prometo, capitán —gritó por lo bajo.

Blake asintió con la cabeza. Sabía que podía contar con su tripulación. Se habían entrenado con Jack Crawley. Se les había pagado bien por sus servicios. Continuaron su servicio bajo su mando durante casi un año. Y aunque en esta misión no verían sus bodegas llenas de licor de contrabando u objetos de valor, recibirían una recompensa por parte de Sir Peter pagada en efectivo, que permitiría a sus hombres disfrutar de un rápido permiso en tierra y de tantas prostitutas como pudieran emplear cuando finalmente salieran en busca del contrabandista francés.

La idea de pasar tiempo en compañía de una mujer dispuesta hizo que Blake dejara escapar otro suspiro. Aunque había disfrutado de la compañía de mujeres en numerosos puertos de escala -Roma, Barcelona, Argel, El Havre- se dio cuenta de que ya no le apetecía pasar tiempo con las prostitutas que atendían a los marineros.

Pensó en Jack, o más bien en Alexander Bradley, el antiguo capitán del *Molly*. Blake recordó cómo Alex se había quedado boquiabierto al ver a una joven griega en los muelles de Mykonos. Aturdido e impactado por la flecha de Cupido, pues Bradley se había enamorado de la mujer. Los dos se habían casado en el mar mientras el *Molly* regresaba a Londres.

En aquel entonces, Blake se había quedado boquiabierto ante el comportamiento de su capitán. ¿Cómo podía un hombre decidir que había conocido al amor de su vida tras pasar sólo unas horas en su compañía?

¿Qué le había hecho creer que ella era la elegida?

Blake sacudió la cabeza. La noche anterior, había experimentado la lujuria a primera vista, pero eso no era lo mismo que el amor a primera vista. Él no creía en el amor a primera vista. Al menos, no en lo que se refiere a una mujer que pudiera decidir que era la elegida. Si alguna vez tomaba una esposa, y no estaba convencido de que lo haría, sería después de cortejarla durante varias semanas. Y una vez que hubiera decidido retirarse de la capitanía del *Molly*.

Los capitanes de barco rara vez eran hombres casados.

Pero la idea de la señorita Barbara Wycliff le hizo reconsiderar por un momento. Vestida como la Pequeña Bo Peep, con sus encantos a la vista y sus labios rojos sonriendo con facilidad, Barbara parecía la mujer perfecta para volver a casa después de unos días en el mar. El beso que habían compartido, aunque breve, estuvo lleno de toda la pasión posible. Si tuviera la oportunidad de repetirlo, juró que lo haría. Entonces permitiría que sus labios recorrieran el cuello de ella y pasaran por las clavículas hasta llegar a los generosos pechos que tenía debajo.

La idea de tomar uno de ellos con su gran mano, de cómo se sentiría acariciar la suave piel aterciopelada mientras ella lo presionaba contra agarre, de cómo podría pasar el pulgar sobre el pezón hinchado, hizo que el sonido más extraño se le escapara de la garganta.

Se atrevió a echar una mirada a Nelson, preguntándose cuándo estaría listo su primer oficial para asumir el mando del *Molly*. Al saber que el barco estaba realmente a las órdenes del Ministerio de Asuntos Exteriores, Nelson se había tomado la noticia con calma. Casi como si ya supiera que el *Molly* no era realmente un barco pirata. Lo que significaba que sería la mejor elección para capitán una vez que Blake decidiera retirarse del servicio al Rey y a la Patria.

Es decir, si el hombre lograba volver a tener los ojos en sus órbitas. Desde que su polizón apareció por primera vez en el umbral de sus aposentos, el primer oficial la había mirado como si estuviera viendo un fantasma.

Y no uno aterrador.

¿Había una historia entre ellos? ¿O la flecha de Cupido había alcanzado a su primer oficial?

Blake no estaba seguro de querer saberlo, pero hasta que no tuvieran al *Tuscan* a la vista, él no tenía nada mejor que hacer que descubrir lo que pudiera sobre la joven.

Y también sobre la Pequeña Bo Peep.

CAPÍTULO 6

ESCONDIÉNDOSE A PLENA VISTA

Mientras tanto, devuelta en el Tuscan

Barbara respiró profundamente mientras se concentraba en el horizonte. Siempre y cuando se fijara en algo que no se moviera, lograría contralar sus nauseas. Con el viento azotando las velas, no oyó al hombre que se acercaba por la proa.

—Ya que se ha levantado, confío en que se encuentre mejor, mi señora.

Al mover la cabeza hacia la derecha, se arrepintió de inmediato, ya que el estómago se le revolvió. —Lo estaba —titubeó ella, observando que el hombre parecía haberse bañado recientemente y que llevaba una camisa blanca con chaleco y capa sobre unos pantalones de mahón. Un tricornio ocultaba la mayor parte de su pelo canoso. Su ligera barba era el único rasgo fuera de lugar para un hombre que parecía ser un caballero.

—Yo… creo que no nos conocemos.

—Cyrus Bimmington, señora. Soy el capitán del *Tuscan*—. Extendió su mano derecha. —Usted estaba dormida cuando la trajeron a bordo, pero dada la hora temprana y su enfermedad, es lógico que lo esté.

Arrugando una ceja y sacudiendo la cabeza, ella preguntó: —¿Hacen esto a menudo?

—¿Cruzar el Canal? Un par de veces a la semana, por lo general —respondió él. —Pero no siempre hasta Calais, pero desde que su esposo se ofreció…

—¿Esposo? —repitió ella, con los ojos entornados por la incredulidad. —Si usted se refiere al canalla que me dejó atada a una silla en su camarote, permítame asegurarle que *no* es mi esposo.

El capitán dio un paso atrás, obviamente sorprendido por la vehemencia de sus palabras. —¿Atada a una silla? —repitió él antes de que sus propios ojos se redondearan. —Bueno, yo no deseo entrometerme en una pelea de amantes…

—¿Pelea de amantes? —Barbara tuvo que cerrar la boca a la fuerza y considerar que probablemente sonaba como un perico para el capitán. Al pensar en eso, su mirada se dirigió a la izquierda y luego a la derecha, preguntándose dónde estaría su perico.

¿Acaso los capitanes de barco no tenían pericos como mascotas? ¿O sólo los piratas hacían algo así?

—Capitán Bimmington, permítame asegurarle de forma inequívoca que no estoy en este barco porque lo desee.

El hombre mayor inclinó la cabeza de un lado a otro. —Lo entiendo. Un viaje inesperado, porque él olvidó informarle de sus planes. A veces los hombres como yo pueden ser difíciles para convivir con ellos. Déle la oportunidad de disculparse...

—Señor. He sido *secuestrada* —afirmó Bárbara, llevando las manos a las caderas. El movimiento hizo reaccionar al capitán, pero no de la manera que ella esperaba. Su generoso pecho no sólo se había levantado considerablemente, sino que también se había abierto para que la mirada de él se posara en ella con apreciación.

—Oh, mi querida. Aquí estás.

Los ojos de Bárbara se entrecerraron, y volteó para encontrar a su secuestrador mostrando una expresión agradable. —¿Cómo se atreve? No soy su querida. Y ahora que el capitán sabe que he sido secuestrada, estoy segura de que dará la vuelta a este barco y regresará a Londres. Lord Dorchester me visitará esta tarde, y tengo la intención de estar en casa cuando lo haga.

El capitán y el secuestrador se miraron por un momento antes de soltar una carcajada. —Dudo que un lord visite a una joven que es claramente de una clase inferior a la suya —comentó el secuestrador. Y entonces sus ojos se abrieron de par en par. —A menos que lo haga por otro motivo —añadió, moviendo las caderas de forma sugerente.

No vio la mano de Bárbara antes de que impactara en su mejilla.

Sin embargo, sí vio las estrellas después.

—¡Cómo te *atreves*, tú… *canalla*!

El secuestrador estaba a punto de contraatacar con un golpe propio, pero el capitán Bimmington se interpuso entre los dos con las manos levantadas, sus palmas hacia fuera. —Ya, ya, los dos —dijo con su voz más tranquilizadora. —Señor Smith, quizá sería mejor que la señora desayunara ahora— sugirió.

—¡*No* soy su esposa! —respondió Bárbara, alzando la voz de tal manera que varios marineros de cubierta hicieron una pausa en sus tareas y se volvieron para mirarla.

—Sin embargo, la considerarán completamente arruinada —siseó el señor Smith en voz baja.

Barbara escuchó el comentario y volvió a sentirse mal. Volvió su atención hacia el capitán, pero se dio cuenta de que no sería de ayuda. —¿Tendría usted la hora?

Bimmington sacó un reloj de bolsillo de su chaleco, le echó un rápido vistazo y dijo: —Las nueve y media.

—¿Qué se necesita para dar la vuelta a este barco?

Inhalando mientras echaba una mirada en dirección al caballero bien vestido, dijo: —El pasaje a Calais ya está pagado, milady. Para ustedes dos. Los vientos nos favorecen en esta dirección, pero no van de regreso a Londres.

—¿Cuánto?

El capitán frunció el ceño. —¿Cuánto?

—¿Cuánto le costará a mi padre hacer que usted gire este... —Miró hacia arriba y observó los dos mástiles y las seis velas. —¿Este barco de vuelta? —preguntó ella.

Intercambiando miradas con el secuestrador, Bimmington negó con la cabeza. —Como he dicho...

—Él me dijo que mi rescate es de veinte mil libras —dijo ella mientras levantaba la cabeza en dirección al canalla.

—Vamos, mi querida, es evidente que no te sientes nada bien... —El señor Smith consiguió agacharse justo antes de que el puño de ella pasara volando por su cabeza.

Una vez más, el capitán Bimmington se interpuso entre ellos, con los brazos extendidos como si pudiera proporcionar una especie de muro entre ellos. —Tal vez sería mejor que los dos pasaran el resto del viaje en los extremos opuestos de esta nave —advirtió, con una actitud mucho más seria de lo que había sido. Hizo un gesto con la cabeza en dirección a un fornido marinero de cubierta, que inmediatamente se acercó a ellos.

—¿Capitán?

—Escolte al señor Smith a la cubierta de popa.

—Sí, capitán.

—Esto es un ultraje —argumentó el secuestrador, su ira dirigida tanto a Bárbara como al capitán. —He pagado por el pasaje...

—Entonces puede permanecer en su camarote durante el resto del viaje —advirtió Bimmington, con una tupida ceja arqueada.

El señor Smith dirigió una mirada feroz en dirección a Bárbara. — Si crees que esto ha terminado... —No tuvo oportunidad de completar su amenaza antes de que el fornido marinero de cubierta lo agarrara por el pañuelo en el cuelloy casi lo levantara del suelo. Cualquier protesta que intentara hacer quedó atascada en su garganta mientras era prácticamente arrastrado.

Barbara dejó escapar un suspiro de alivio. —Gracias, capitán —dijo. —¿Ahora podemos regresar a Londres?

Bimmington negó con la cabeza. —Si usted no estuviera tan indispuesta, la enviaría a mi camarote por el resto del viaje —replicó él. —En cambio, le ordeno que coma su avena y permanezca cerca de la proa.

Sus ojos se abrieron de par en par con incredulidad, y Barbara negó con la cabeza. —Pero, no tengo sombrero. Ni sombrilla —argumentó.

Poniendo los ojos en blanco, el capitán dijo: —Le traeré un paraguas. ¿Será eso suficiente?

A punto de seguir discutiendo, Bárbara se dio cuenta de que el capitán se había cansado de soportar a sus molestos pasajeros. —Tendrá que servir —respondió ella con un suspiro. Luego, sólo porque pensó en sembrar más semillas de duda en el capitán, añadió: —Soy la hija favorita de mi padre. Él es un baronet, ve usted—. Inclinó la cabeza, decidiendo que él no necesitaba saber que era la *única* hija de su padre. —Sir Peter. Es un baronet muy rico, y por eso el señor *Smith* me secuestró anoche del baile de máscaras de Lord Weatherstone. Parece que necesita una buena cantidad de dinero para ganarse la vida...

—Suficiente, señorita... —Su ceja se arqueó cuando se dio cuenta de que ella no se había presentado.

—Wycliff. Barbara Wycliff —respondió ella.

Aunque pareció un poco inseguro por un momento, Bimmington sacudió la cabeza. —Nunca he oído hablar de un Peter Wycliff —dijo.

Y con eso, se alejó en dirección al puente de mando. El marinero bajo y corpulento con el que ella había había hablado antes en el camarote del capitán se acercó llevando una bandeja en la que descansaba un tazón de avena. Avena que obviamente se habían solidificado durante el tiempo en que ella y el señor Smith habían estado discutiendo con el capitán.

—El desayuno, milady —dijo mientras le tendía la bandeja.

Su estómago, una vez más, hizo patente su descontento. Barbara tomó la bandeja y le dio las gracias. Acercándose a la proa, sostuvo la bandeja sobre un brazo mientras tomaba la cuchara, la frotaba en una manga de raso rosa, y luego la metió en el tazón.

A pesar de que ya no estaba caliente, pensó que era la mejor avena que jamás había comido.

CAPÍTULO 7

UN CAPITÁN DUDOSO

Una vez en el puente de mando, el capitán Cyrus Bimmington miró a su primer oficial con expresión preocupada. —Dime, Anders. ¿Ha oído hablar de un baronet llamado Peter Wycliff?

Anders se apartó para que el capitán pudiera tomar el timón. —¿Sir Peter? —respondió él. —¿El dueño de Mercantil Wyckiff? ¿Almacenes Wycliff? ¿Textiles Wycliff? ¿Y el nuevo propietario de la galería comercial de Bond Street? ¿Ese Peter Wycliff?

Bimmington miró fijamente a su primer oficial durante un momento quizás demasiado largo, pues el hombre continuó con —¿Él también compró este barco?

Con la semilla de la duda ya sembrada, Bimmington negó con la cabeza. —No que yo sepa.

—He oído que estaba en negociaciones para

comprar la flota de Wilson —replicó Anders, con demasiado entusiasmo.

—¿Qué sabes de su hija?

Sus ojos se desviaron hacia un lado -Anders se enorgullecía de saber todo lo que podía de la gente importante de Londres- y arrugó una ceja. —¿Barbara? —replicó, como si estuviera haciendo una conjetura.

Bimmington puso los ojos en blanco. —No puede ser —murmuró. —No está mejor vestida que una camarera.

Anders dejó que su capitán rumiara un momento antes de preguntarle, —¿Se refiere usted a la joven que nuestro pasajero trajo a bordo antes del amanecer? —preguntó. —¿La que va vestida como la Pequeña Bo Peep? Su máscara debe haber costado una fortuna, con todo ese oro brillante.

Bimmington parpadeó. —Sí —respondió con cuidado, recordando justo entonces que el señor Smith había llevado una máscara negra cuando subió a bordo llevando a la joven de rosa. —Dijo que ella había bebido demasiado champán—. Antes de que terminara de pronunciar la palabra, le pareció extraño que una mujer vestida con ropas de pastora hubiera tomado champán.

—Más bien drogada —replicó Anders.

Bimmington arrugó una ceja. —¿Drogada? —Dio un resoplido. —¿Por qué no dijo nada usted? —Ahora realmente estaba empezando a preguntarse si había algo de verdad en las las afirmaciones de la joven.

—Bueno, al principio pensé que estaba muerta —contestó Anders. —No quería tener problemas con un asesino. Pero luego la oí roncar, así que me imaginé que estaría bien una vez que durmiera—. Al ver la mirada de disgusto de su capitán, preguntó —¿Cree usted que ella está mintiendo sobre quién es?

—No tengo ni idea de qué pensar en este momento —respondió Bimmington, pero sus cejas fruncidas y su expresión pensativa no concordaban con su comentario.

Una cosa sabía con certeza. Si su pasajera realmente era la hija de un acaudalado baronet, y si realmente no estaba casada con el hombre que él conocía como el señor Smith, era bastante probable que alguien la estuviera buscando.

Lo que significaba que alguien estaría buscando al *Tuscan*.

—Haga que nuestro tonelero vigile hacia el norte. Quiero saber si alguien nos sigue —ordenó.

Anders asintió. —Sí, capitán —dijo antes de apresurarse hacia el mástil principal.

CAPÍTULO 8

HAY ALGO SOBRE UNA DONCELLA

Mientras tanto, de vuelta en el Molly

Cuando Blake estuvo seguro de que la señorita Woodcock estaba fuera del alcance del oído -ella se había dedicado a observar el progreso del *Molly* desde la barandilla cerca de la proa-, se unió a su primer oficial en el timón. —¿Le importaría explicar lo que ocurre entre usted y la doncella?

Tan aturdido estaba por la extraña pregunta, que Nelson casi soltó el timón. —Estoy seguro de que no sé a qué se refiere, capitán —respondió él.

—Usted la conoce.

Nelson se enderezó todo lo que pudo, aunque el capitán aún le sacaba unos buenos quince centímetros. —Puede que sí —insinuó. Cuando Blake levantó una ceja, como si eso pudiera incitar al hombre a decir más, Nelson se permitió un resoplido. —Pero puede que no.

El capitán se atrevió a mirar a la doncella. Cuando estuvo seguro de que la atención de ella seguía en el horizonte, dijo, —No pudo apartar los ojos de ella cuando estaba en mi camarote. ¿Estoy en lo cierto al pensar que el *Molly* podría estar por perder otro tripulante por la maldición de Cupido?

Con la boca abierta y los ojos desorbitados, Nelson soltó el timón. Blake agarró rápidamente uno de los radios en un puño antes de que pudiera girar y lo mantuvo en su sitio mientras su primer oficial echaba humo.

—Primero que nada, capitán —dijo Nelson con un resoplido. —El pequeño y regordete bastardo sabe que no debe desperdiciar una flecha en mí, y en segundo lugar, ella no es lo que yo buscaría para calentar mi cama, si entiende lo que quiero decir.

Blake frunció ambas cejas. —Oh, no, señor Nelson. He visto lo que hace en casi todos los puertos a los que llegamos. No intente convencerme de que usted prefiere... a los *hombres* —señaló, susurrando la última palabra.

El comentario sólo pareció irritar aún más a su primer oficial. —Me gustan mis mujeres que sean... *fructíferas*, capitán —declaró él.

Sus ojos se desviaron hacia un lado, y Blake casi

tuvo miedo de preguntar. Pero lo hizo de todos modos. —¿Fructíferas? ¿Qué diablos significa eso?

Las manos ahuecadas de Nelson fueron a su pecho. —Melocotones en la parte superior, melones en la parte inferior, y una cereza roja brillante-

—¡Ya lo entendí! —dijo Blake en un ronco susurro. Una rápida mirada en dirección a la señorita Woodcock demostró que no estaba bien dotada por arriba, ni por abajo. En cuanto a si había o no una cereza roja y brillante, no estaba dispuesto a adivinar. —Aun así, lo vi mirándola. Si no es porque estaba imaginando un revolcón con ella, entonces por favor dígame, ¿por qué?

Tomando de nuevo el volante en sus fornidas manos, Nelson bajó la voz y dijo: —No digo que ella sea quien creo que es, pero si es quien creo que es, entonces tengo que decir que tengo mucha curiosidad por saber cómo consiguió un puesto de doncella. Eso es todo lo que digo.

Cuando no dio más detalles, Blake empezó a golpear las tablas de madera con su bota de cuero negro.

Nelson emitió un suspiro audible. —No puedo estar seguro...

—Pero si lo estuviera-

—Entonces ella sería una de las estafadoras de mi antiguo barrio en Cheapside.

Los ojos del capitán se abrieron de par en par

antes de permitir que su mirada barriera el horizonte, lo que incluyó otra rápida mirada a la doncella. —¿Cómo diablos se convierte una estafadora en doncella? —preguntó a medias. ¿No tenía una criada que mostrar una carta de referencia para ser considerada para el empleo? ¿Ser enviada desde una agencia, o ser referida por alguien de importancia?

—Exactamente lo que estaba pensando, capitán. Por eso... —Nelson se detuvo y soltó un suspiro. —Estoy suponiendo que ella podría ser un problema—. Sus ojos se entrecerraron mientras miraba a la señorita Woodcock, que ahora estaba apoyada en la barandilla de espaldas al agua. La expresión de él se tornó rápidamente amistosa cuando la mirada de ella se fijó en la suya, y ella inclinó la cabeza en señal de saludo.

—Ahora, lo que usted acaba de hacer —dijo Blake en voz baja. —Eso es lo que me hace pensar que Cupido consiguió un tiro limpio.

Nelson puso los ojos en blanco y estaba a punto de responder cuando un grito llegó desde arriba. Blake se movió para situarse debajo de la cofa. —¡Informe! —gritó.

Inclinándose medio fuera del tonel, Flinn señaló hacia el sureste. —¡La encontré! Seis velas —exclamó. —Veinte, tal vez veintidós millas.

Saludando al vigía, Nelson se giró para poder echar un vistazo a la señorita Woodcock antes de fijar su atención en el capitán. No le sorprendió ver que ella había vuelto a prestar atención al agua. Llevaba una mano enguantada a la frente para protegerse los ojos del sol. En cuanto a su capacidad para divisar el Tuscan, la señorita Woodcock no podría verlo durante algún tiempo. El Molly tendría que navegar otra media hora más o menos antes de que los que estaban en la cubierta pudieran divisar al toscano.

—A este ritmo, puede que no lo alcancemos hasta que casi llegue a puerto —dijo Blake en voz baja. Aunque los vientos los habían favorecido a media mañana, disminuyeron una vez que el sol pasó por el cenit. —La última vez que hicimos este viaje, lo hicimos en cuatro horas —murmuró.

—Y la vez anterior fueron veinte horas —le recordó Nelson.

Cruzar el Canal de la Mancha podía ser problemático.

Blake estuvo a punto de saltar cuando se dio cuenta de que la señorita Woodcock estaba de pie a su derecha.

—¿Veinte horas? —repitió ella alarmada. —¿Estaremos a tiempo para rescatar a la señorita Wycliff? —preguntó ella con una expresión de preocupación.

Rápidamente Blake y Nelson intercambiaron miradas. —Bueno, ese es el plan, pero incluso si no la recuperamos...

—La recuperaremos para usted, señorita Woodcock —interrumpió Nelson. —Viendo que usted se quedaría sin trabajo si no lo hiciéramos.

Los ojos de la doncella se abrieron de par en par. —¿Está pensando que mi señora está a punto de encontrar un final terrible?

Los dos hombres se miraron otra vez y se encogieron de hombros. —Es difícil de decir —respondió Blake.

—El mar puede ser un amante cruel —añadió Nelson. —Hay un plazo. Si el baronet no hace llegar el dinero al secuestrador antes de las cinco de la tarde... —Nelson utilizó un dedo para hacer un movimiento de corte en la parte delantera de su cuello.

Blake estaba a punto de discutir la hora del plazo, pero se dio cuenta de que Nelson estaba jugando con la señorita Woodcock.

¿Acaso el primer oficial no recordaba que ella había sido la encargada de entregar la nota de rescate? ¿Que había oído a Nelson leer las instrucciones, incluida la hora? Sin embargo, teniendo en cuenta sus ojos abiertos y su tez pálida, tal vez no había oído, o simplemente había olvidado los detalles del intercambio.

Blake decidió seguirle la corriente a su primer oficial. —Es difícil de creer que el secuestrador haya pensado que el baronet podría hacer el viaje más tarde en el día con el rescate. Y con uno tan grande.

La señorita Woodcock, con cara de horror, miró al

capitán con el ceño fruncido. —Bueno, ¿por qué no podría? —preguntó, su cuestionamiento sonaba totalmente inocente.

—El barco tiene que salir de Londres con la marea baja. No hay ningún barco en Wapping que intente salir más tarde en el día —explicó. —Apenas pudimos salir cuando lo hicimos.

Cuando Nelson estaba a punto de recordarle al capitán que había barcos de vapor que podían hacer el viaje, Blake le dio un pisotón.

Sus ojos se abrieron de nuevo, como si ella estuviera realmente asustada. Althea tragó visiblemente. —Entonces, ¿cómo enviará el baronet el rescate? —preguntó. —Si no detienen al *Tuscan*, necesitaremos el rescate para recuperar a la señorita Wycliff —gimió.

Los dos marineros intercambiaron miradas. —¿Quiere decir que usted no lo tiene? —preguntaron al unísono. Blake señaló su valija. —Parece que habría sido expeditivo que Sir Peter lo hubiera enviado con usted.

La señorita Woodcock miró la valija como si la viera por primera vez. —Es ropa para mi señora —respondió. —La sacaron del baile de disfraces vestida como la Pequeña Bo Peep. Difícilmente es un vestido apropiado para que la hija de un baronet haga su viaje de regreso a Inglaterra —explicó ella.

—Difícilmente —convino Blake, aunque le

gustaba bastante la señorita Wycliff como la Pequeña Bo Peep, toda inocencia a pesar de un cuerpo destinado a ser adorado por un hombre como él. Sus labios esparcirían besos por todo su cuerpo. Su boca se deleitaría en los montículos de sus pechos, con sus dientes y su lengua acariciando sus pezones hasta convertirlos en apretados capullos. Luego, su lengua se encargaría de un deleite de lo más sensual, la punta de la misma rodeando su congestionada feminidad hasta que ella le suplicara. Su miembro, duro como una roca y suave como el terciopelo, se sumergiría en su húmedo y acogedor capullo. Rodeado de su calor, su miembro empujaría, pulsaría y volvería a empujar, hasta que la fricción lo llevara a él -y a ella- a un feliz estado de euforia.

Oh, ¡los placeres que ellos podrían disfrutar si alguna vez terminaban juntos en una cama!

Sacudiendo la cabeza y con la curiosidad de saber de dónde habían salido esos últimos pensamientos, Blake se aclaró la garganta. Se preguntó si habrían juzgado mal a la doncella. Tal vez era realmente una sirvienta dedicada, y no el cerebro de un intento de estafar a un rico baronet por veinte mil libras.

—No estoy seguro de cómo el secuestrador espera gastar su dinero en Francia si todo está en libras británicas —comentó Blake. —No es que pueda cambiarlo en Francia, dadas las malas relaciones entre los dos países, y no podrá volver a Inglaterra. Será arrestado en cuanto ponga un pie en tierra.

—Como debe ser —dijo la señorita Woodcock, con un movimiento de cabeza cortante que puntuaba sus palabras.

Sin saber qué más podía decir para que la doncella admitiera su participación en el secuestro, Blake se permitió finalmente encogerse de hombros. —Supongo que tendremos que contar con un rescate en el mar —murmuró él.

Nelson arrugó una ceja, pensando que ése había sido el plan desde el principio. El pie aún le escocía por haber sido pisoteado por el capitán, pero se permitió asentir con la cabeza. —Haré que Fitz monte las velas del foque —dijo.

Blake sonrió, bastante contento de no tener que ser él quien sugiriera que añadieran las dos últimas velas a su arsenal. —Una hora, señor Nelson. Entonces espero estar abordando el *Tuscan*.

—Sí, capitán.

CAPÍTULO 9

UNA NAVE PERSEGUIDA

Mientras, a bordo del Tuscan

La cofa se balanceaba a izquierda y derecha con el mar agitado bajo el *Tuscan*, y al vigía Taylor le costaba mucho seguir a su perseguidor. O bien realmente los perseguía un barco, o simplemente coincidía con su rumbo hacia Calais.

Una cosa era segura: con siete velas y dos foques a toda vela, en menos de una hora estaría chocando con su popa. Dada la bandera británica que ondeaba en su mástil principal, él no creía que supusiera una amenaza.

—¿Es eso lo que creo que es? —Anders llamó desde donde estaba en la cubierta.

—Buque británico —gritó el vigía. —Con prisa, por el aspecto de sus velas.

Haciendo una mueca, Anders se atrevió a echar un vistazo al puente de mando y otro a la proa. Su pasajera estaba agarrada a la barandilla con una mano enguantada mientras sostenía un paraguas en alto con la otra. Si realmente era la señorita Barbara Wycliff, como decía, tal vez les convendría reducir la velocidad. Iban por delante del horario que había detallado su único pasajero de pago la noche anterior *-llévenme a Calais a las cinco de la tarde-*, así que si el barco que los seguía no los estaba persiguiendo, sencillamente llegaría antes que ellos a puerto.

Si los estuviera persiguiendo, sin duda les dispararían un cañón de advertencia. O peor: un disparo de cañón dirigido a dañar su casco.

El último lugar donde él quería tener que hacer reparaciones era un puerto marítimo francés. Les cobrarían el doble o el triple y estarían atrapados en Calais durante quince días o más.

—Se lo haré saber al capitán —dijo Anders. Se dio la vuelta y estaba a punto de dirigirse al puente de mando cuando el vigía dio un grito.

—Están izando un pendón —exclamó el vigía. Sacudió la cabeza. —Rojo y blanco, y aquí viene otro.

Anders se puso rígido, deseando que su vista fuera mejor para poder distinguir las formas de las banderas que se elevaban hasta la cima del mástil principal del otro barco. Odiaba depender del vigía para conocer su significado. —¿Puedes distinguir cuáles?

El vigía silbó antes de inclinarse sobre el borde de la cofa. —Desean comunicarse. Al parecer, estamos en peligro.

—¡Maldición! —Anders se atrevió a echar otra mirada al barco que los seguía y luego dejó que su mirada barriera el horizonte. No había señales de una tormenta inminente u otro barco. La línea de la costa de Francia sólo se podía ver cuando el *Tuscan* crestaba una ola.

¿Francia había vuelto a declarar la guerra? ¿Estaban navegando hacia una trampa al atracar en Calais?

¿O el peligro se debía a otra cosa?

Se apresuró a ir al puente de mando para hablar con el capitán.

Cuando se le informó sobre el barco que los perseguía, Bimmington puso los ojos en blanco. —Bueno, al menos han tenido la decencia de avisarnos con un pendón en vez de con una bala de cañón —murmuró.

—¿Cree que pretenden dispararnos? —preguntó Anders, asombrado. —Es un barco británico. Parece un buque de la marina que ha quedado de la guerra.

Bimmington suspiró con frustración. —Nos superan en número y en armamento —dijo en voz baja. —Y no estoy dispuesto a recibir una bala de cañón porque algún ciudadano haya pagado demasiado por el pasaje a Calais.

—¿Qué sucede ahora?

El capitán y Anders se volvieron para descubrir a su pasajero, el señor Smith, mirándolos con cara de alarma.

—Le estaba diciendo a mi primer oficial que no estoy buscando enfrentarme a un canibal porque un británico pagó su pasaje para escaparse —respondió Bimmington, como si estuviera repitiendo lo que le había dicho a Anders.

El señor Smith parpadeó. —¿Un caníbal? —repitió él con los ojos bien abiertos. —¿Existe tal cosa?

—En las Indias Occidentales, sí —respondió Bimmington. —Creo que es mejor que se queden allí. Ahora —dijo mientras se cruzaba de brazos una vez que supo que Anders tenía el timón. —¿Por qué razón usted no está donde debe estar?

El ciudadano que pagó demasiado por el pasaje a Calais se enderezó y luego señaló la popa. —He venido a decirle que un barco se acerca muy rápido pisándole los talones.

—Estoy al tanto —respondió el capitán. —Llevan un mensaje para nosotros. Parece que creen que estamos en peligro. ¿Sabe usted algo al respecto?

Los ojos del señor Smith se entrecerraron. —¿Peligro? —repitió. —No tengo ni idea de lo que está hablando—. Su mirada barrió el horizonte en la dirección de su recorrido, aunque no pudo ver mucho más allá de donde estaba la señorita Barbara Wycliff. Ella tenía los brazos extendidos, una sombrilla que le protegía la cara del sol, y su cuerpo estaba arqueado hacia delante, como si fuera el mascarón de proa del barco.

Él pensó fugazmente que, si ella no tenía cuidado, su generoso pecho se saldría de su vestido rosa para que todos los franceses lo vieran.

—¿Está pensando lo mismo que yo? —preguntó Bimmington, con la mirada puesta en el trasero de su pasajera vestida de rosa.

—¿Que ella podría perfectamente salirse de su vestido? —replicó el señor Smith con una sonrisa de satisfacción.

El capitán frunció el ceño y dirigió su férrea mirada al hombre. —Que podría ser ella la que está en peligro —dijo, con palabras cortadas. Se volvió hacia Anders. —¿Podría hablar con la *señora Smith*? ¿Hacerle saber que podría estar en peligro de caer del barco si continúa con lo que está haciendo?

—Sí, capitán —dijo Anders mientras devolvía el control del timón a Bimmington. Se dirigió a la proa y realizó una ligera reverencia cuando la joven se fijó en él.

—¿Cómo está? —dijo ella mientras se apartaba de la barandilla.

Casi decepcionado por el hecho de que su generoso pecho no hubiera escapado de los confines de su ridículo vestido rosa, Anders dijo, —El capitán cree que usted podría estar en peligro, señora Smith.

Sus ojos se convirtieron en rendijas. —No me llamo *señora Smith*. Soy Barbara Wycliff, hija de Sir Peter Wycliff. He sido secuestrada y estoy retenida por un rescate de veinte mil libras —recitó ella, como si hubiera dicho las palabras demasiadas veces ese día.

—Sea como sea, a él le preocupa que usted pueda caerse por la borda si se inclina demasiado hacia delante como lo estaba haciendo.

Barbara soltó un fuerte suspiro y se dio la vuelta. Sus ojos se abrieron de par en par cuando vio que la proa de otro barco estaba casi al lado de la popa del *Tuscan*. —¿Esto ocurre a menudo por aquí? —preguntó asombrada. El otro barco estaba tan cerca que podía distinguir las caras de los tripulantes a bordo.

Desde el otro extremo del *Tuscan* se oían gritos de "piratas", seguidos de pies corriendo que golpeaban los tablones de madera.

—Normalmente no, señora... señorita Wycliff —respondió Anders, con los ojos muy abiertos. El otro barco estaba casi al lado y una de sus velas había sido arriada, por lo que su velocidad disminuyó hasta igualar la del Tuscan. —Agárrese —le advirtió. —En caso de que se acerquen demasiado y choquen con nosotros.

Barbara hizo lo que se le dijo, pero su atención se centró en la tripulación del otro barco. En el hombre que iba vestido de pirata. Llevaba un sable y tenía un aspecto muy libertino cuando su mirada se posó en ella. Con el mismo aspecto que el pirata con el que había bailado la noche anterior.

—¡Blake! —gritó ella, saludando con la mano que no sostenía el paraguas.

—¡Barbara! —gritó él. —¡No temas, porque he venido a salvarte!

Temiendo por su vida, Anders parpadeó y se alejó de la joven. Volvió a parpadear y se apresuró a buscar al capitán.

Al parecer, la señorita Wycliff sería capaz de defenderse por sí misma.

CAPÍTULO 10

UN DIABLO A LA VISTA

Una media hora antes

Nelson observó a su capitán mientras Blake se dirigía a la proa del *Molly*, y observó cómo la expresión del capitán indicaba que reconocía la figura solitaria y vestida de negro que se encontraba en la popa del *Tuscan*.

—Ahora parece que *está* viendo a un fantasma —exclamó él.

—Eso es porque lo estoy —dijo Blake mientras sacaba un catalejo de su ojo. Se lo entregó a su primer oficial. —El *caballero* que está en la barandilla. ¿Lo reconoce?

Nelson frunció el ceño antes de levantar el catalejo a su ojo. —Parece un... un caballero —murmuró. —¿Debería conocerlo?

Blake volvió a coger el instrumento, llevándoselo a los ojos y maldiciendo al ver cómo Lord Dorchester se esforzaba por encender un puro.

—Ese es el secuestrador —dijo Blake con una voz llena de amenaza. —El hijo de un comedor de galletas se llevó a mi Pequeña Bo Peep justo frente a mí.

Parpadeando, Nelson arrugó una ceja. —¿Mientras se divertías con ella? ¡Caramba!

Fue el turno de Blake de parpadear. —No. Por supuesto que no. Mientras estaba en el baile de disfraces. Buscándola a ella. Y a él. Él desapareció, y ella también, y ahora sé por qué —siseó. Si hubiera tenido una pistola encima, la habría apuntado en dirección al barón y y le hubiera disparado.

—¿Se llevó a su Pequeña Bo Peep?

Blake se puso rígido, y su ira crecía a cada momento. Ella no era realmente *su* Pequeña Bo Peep, pero la deseaba. Más de lo que se imaginaba cuando se enteró de que iba a recuperarla. —Sí —suspiró.

Nelson echó una mirada más a la pasajera del *Tuscan* a través del catalejo antes de devolvérselo a su capitán. —Entonces es hora de ir a buscarla. ¿Debo hacer un tiro de advertencia?

—¿Y arriesgarnos a herirla? —respondió Blake. —Absolutamente no. Colóquense al lado y abordaremos el *Tuscan* por la fuerza.

Más divertido que alarmado por las órdenes de su

capitán, Nelson dijo, —Sí, capitán. ¿Debo izar la bandera pirata también?

Blake lanzó una mirada sofocante a su primer oficial. —Todavía no. Pero hágales saber que tenemos un mensaje. Y diles que están en peligro —ordenó él. En realidad no lo estaban, pero si la tripulación del *Tuscan* no acataba sus instrucciones, él podría hacer un disparo de advertencia. Con una pistola que tenía guardada en su camarote.

Nelson se apresuró a ir al mástil principal. Llamó a Flinn, —Iza el pendón de peligro y luego iza el pendón de mensaje—. Tuvo la intención de ordenar que se izara la bandera roja después de eso ⁻no habría cuartel⁻, pero decidió que una podría ser demasiado.

Flinn hizo un gesto indicando que había entendido. Unos minutos después, la bandera roja y blanca que señalaba que el otro barco navegaba hacia el peligro ascendió unos metros por la cuerda. Luego se detuvo mientras Flinn colocaba el pendón que indicaba que tenían un mensaje. Las dos banderas subieron hasta cerca de la cima del mástil mientras él tiraba de la cuerda y luego la aseguraba.

—¿Puede distinguir a alguien más a bordo? —gritó Nelson.

Con el catalejo apuntando, Flinn exclamó, —Veo algo rosado cerca de la proa. Parece ser... —Bajó el catalejo y sacudió la cabeza.

—¿La Pequeña Bo Beep? —ofreció Nelson.

Flinn se asomó a la cofa y mostró una una enorme sonrisa. —Iba a decir una fulana vestida de rosa, pero, sí, podría ser la Pequeña Bo Peep. Aunque... —Él hizo una pausa y movió las cejas. —Su pecho no es tan pequeño, si entiende lo que quiero decir, pero tampoco lo es su trasero. Y no veo ninguna oveja.

Nelson contuvo su maldición. ¿Acaso el vigía no sabía que la Pequeña Bo Peep había perdido sus ovejas? La canción infantil que su hermana contaba a sus sobrinos implicaba que éstas habían desaparecido mucho antes de que el cuento comenzara.

En lugar de explicar la historia en ese momento, Nelson dijo, —¿El caballero en la popa?

—¿Sí? —reconoció Flinn.

—Es el secuestrador.

—Se está moviendo —advirtió Flinn, con la mirada puesta de nuevo en el *Tuscan* a través de su catalejo.

—Cáspita —murmuró Nelson, dándose cuenta justo en ese momento de que el secuestrador podría llegar a la conclusión de que el *Molly* iba tras él. Rápidamente se dirigió hacia el timón para informar a Blake.

CAPÍTULO 11

UNA PROPUESTA LLAMATIVA

*B*lake Russell calculó el espacio que necesitaría para librar el casco del *Tuscan* y ordenó bajar el foque y la vela superior. Al ver que el capitán del *Tuscan* seguía un rumbo casi recto hacia el puerto de Calais, ahora visible, se sintió seguro de que los dos barcos no chocarían.

El entusiasmo de su tripulación era palpable. Una vez que les explicó que debían rescatar a la joven de rosa -*no se trata de una fulana, sino de la hija de un rico baronet, les informó rápidamente*-, se apresuraron a cumplir sus órdenes en cubierta.

La oportunidad de ganarse su parte de la tajada ofrecida por Sir Peter podría haber sido la razón principal para su entusiasmo, pero Blake pensó que tal vez ellos tenían ganas de acción. Anhelando una oportunidad para empuñar sus espadas y jugar a los piratas durante unos minutos.

Tuvo que recordar a sus hombres que Lord Dorchester debía ser capturado vivo. El barón era un noble, y por lo tanto intocable en lo que tocaba a su crimen. Si los aristócratas de la Cámara de los Lores decidían juzgarlo, Blake esperaba que pudieran imponerle un castigo adecuado. Despojarlo de su título y arrojarlo a Newgate sería la opción de Blake, pero no creía que los lores lo vieran de la misma manera.

—¿Ahora debo hacer que Flinn levante la insignia pirata? —preguntó Nelson cuando se unió a Blake en el timón. Su pregunta estaba impregnada de demasiado entusiasmo.

—¿La bandera pirata? No sé si tenemos que hacerlo —respondió Blake. —Nos arriesgamos a recibir una bola de uno de sus cañones.

—Bimmington no disparará. Ya ha izado una bandera blanca.

—¿Qué? —Blake levantó rápidamente la mirada para contemplar la vista de un pendón blanco que ondeaba en el mástil superior del Tuscan. —Bueno, que me cuelguen —murmuró. —Supongo que esto significa que no tendremos que hundir el *Tuscan*—. No es que se lo hubiera planteado, pero si el capitán Bimmington resultaba complicado o les hubiera disparado, habría dado la orden de devolver el fuego.

Entonces se dio cuenta de que un caballero mayor saludaba desde la barandilla de estribor. Vestido con un abrigo azul marino adornado con botones de latón, su cabeza coronada con un tricornio negro, el capitán Bimmington dirigía una mirada en su dirección.

—Tome el timón —ordenó Blake, con su atención puesta en el otro capitán, —e ice la bandera pirata. Quiero que Dorchester la vea—. Las palabras fueron dichas con rencor y una sonrisa se dibujó en los labios de Blake.

Nelson hizo lo que se le dijo, con un brillo en los ojos. —Sí, Capitán.

Blake se dirigió a la barandilla de sotavento. —Lo siento, capitán —exclamó. —Pero lleva un cargamento de contrabando y a un secuestrador, y me han contratado para que me encargue de su rescate y regreso a Londres.

Bimmington se estremeció al escuchar las palabras del otro capitán. —Mi carga es totalmente legítima...

—Todo excepto por la Pequeña Bo Peep —replicó Blake. —Entregue a Lord Dorchester, y entregue a la pastora, y nadie saldrá herido.

Sacudiendo la cabeza, Bimmington gritó, —¿Con qué autoridad?

Blake estuvo tentado de gritar: "La mía" pero en su lugar dijo: —De Lord Chamberlain, Ministerio de

Asuntos Exteriores. Usted está transportando a un secuestrador.

Bajando la cabeza al saber que la joven había dicho la verdad, Bimmington casi se alegró de que el otro barco hubiera interceptado el suyo. Deshacerse del señor Smith sería un alivio. —Como ya he recibido la paga por su pasaje, puede quedarse con él —respondió Bimmington, su necesidad de gritar disminuyó ahora que las cuerdas habían sido lanzadas desde el *Molly* hasta el *Tuscan* para asegurar que los dos barcos se mantuvieran a la par. —Pero tendrá que venir a buscarlo. Dudo que el señor Smith acepte ir por su propia voluntad.

—¿No disparará contra mi tripulación?

Bimmington negó con la cabeza. —Estaremos encantados de librarnos de él.

Sintiendo un profundo alivio, Blake dio la orden de sacar los tablones que unirían los dos barcos. Se apresuró a ir a la proa, aliviado al ver a Barbara. Aparentemente estaba a salvo, sosteniendo un paraguas en lo alto y luciendo tan rosa en su disfraz de Bo Peep. Aunque estaba un poco agitada por el viento, parecía radiante cuando su mirada se posó en él y el reconocimiento la hizo gritar su nombre.

Nunca en su vida él se había sentido tan aliviado. Tanta alegría. Tanto deseo por una mujer. No, ella no era un diamante cualquiera. Sus rasgos no eran los de una belleza inglesa. Sus ojos estaban demasiado separados y eran más bien grandes. Su barbilla casi terminaba en punta, pero se salvaba por un poco de cuadratura. Su pelo castaño, que hacía tiempo que había perdido sus pasadores, se agitaba por el viento y sin duda parecería un nido de ratas cuando estuviera a salvo a bordo de su barco. Pero su sonrisa era contagiosa, y la visión de su cuerpo vestido de rosa hizo que él reaccionara de una manera totalmente inapropiada para la ocasión.

—¡Barbara! No temas, pues he venido a salvarte —gritó él.

¿Qué diablos? ¿De verdad él había dicho tal cosa? ¿Y en voz alta?

¿Qué diablos le había sucedido?

La señorita Woodcock apareció a su lado, con su valija en mano y una gran sonrisa. —¡Milady! Le traje un cambio de ropa —gritó ella. Y entonces su sonrisa titubeó. —Aunque no creo poder hacer algo con su peinado.

Blake dirigió una mirada tranquilizadora a la doncella antes de volver a centrar su atención en Barbara. —Voy a por ti —gritó, y se dirigió a los tablones que ahora unían los dos barcos.

—¡No, a menos que tenga veinte mil libras!

En un abrir y cerrar de ojos, Lord Dorchester se colocó detrás de Barbara y la agarró por la cintura con un brazo. Ahora le apuntaba a la cara con una pistola, cuyo cañón hacía mella en la carne redondeada de su mejilla.

La alarma y el miedo hicieron que Blake se quedara congelado en su sitio. —¡Suéltela ahora mismo, maldito!

—No hasta que consiga el rescate y un pasaje seguro a Calais —respondió Dorchester. En una voz que sólo Barbara podía oír, añadió, —¿No es esto mucho más emocionante de lo que hubiera sido nuestro paseo a las dos en Hyde Park?

Barbara se puso rígida en su abrazo. —¿Lord Dorchester? —susurró asombrada, intentando girarse para poder verlo con más claridad. Sin embargo, el cañón de la pistola presionó más, y se vio obligada a mirar a Blake.

Lo cual no le importó en absoluto. La preocupación de él por ella parecía genuina.

Estaba vestido exactamente como ella lo recordaba de la noche anterior, lo que significaba que realmente era un pirata. O eso, o que había corrido a su barco para salvarla en cuanto supo que estaba en peligro. Tal como estaba, con una mano en la empuñadura de un sable y la otra en la cadera, parecía peligroso. Endiabladamente guapo, a pesar de su gran nariz. Y bastante molesto, dado que los músculos de la parte superior de sus anchos hombros se agolpaban.

—Oh, Blake —susurró ella, deseando que él

pudiera oír sus palabras. —Mi héroe—. En voz más alta, dijo, —No le des ni un centavo.

—Ahora mira aquí, tú…

El barón no tuvo la oportunidad de terminar su maldición cuando un barril de brandy cayó con fuerza sobre su cabeza.

Sosteniéndolo entre sus dos manos estaba Fitz.

El maestre de navegación del Molly se detuvo un momento sobre el cuerpo desplomado del secuestrador, en un esfuerzo por determinar si realmente lo había noqueado, antes de levantar la cabeza y hacer una leve reverencia a la señorita Wycliff. —Señorita Peep —dijo él con una sonrisa pícara. —Es un placer conocerla. Mi madre solía leer sus rimas junto a mi cama por la noche —dijo con toda seriedad. —No me di cuenta de que usted era real. Siento mucho lo de sus ovejas.

Barbara parpadeó. Y volvió a parpadear. —Oh, bueno, gracias —contestó ella, añadiendo una reverencia, justo antes de que se viera repentinamente envuelta en los brazos de Blake.

—¿Estás bien? ¿Te ha hecho daño? —preguntó el capitán, sin dejar de sujetar a la joven.

—Estoy bien, ahora que estás aquí —murmuró Barbara, disfrutando de cómo una de sus manos se deslizaba por su trasero. Cuando él le sujetó la parte inferior y la acercó, ella dejó escapar un grito y sus ojos se abrieron de par en par. —¿De verdad has venido por mí? —preguntó en un susurro.

—Sí, milady —susurró Blake.

—¿Cómo sabías dónde estaba?

Blake se apartó de mala gana, pero dejó su frente pegada a la de ella. —Te lo explicaré más tarde, pero primero debemos subirte a bordo del Molly. Llevarte de vuelta a Londres —murmuró. Levantó la cabeza e hizo un gesto hacia Lord Dorchester. —Buen trabajo, Fitz. Átale las manos a la espalda y súbelo al *Molly* —dio la orden.

—Hay cuerdas en el camarote del capitán —sugirió Barbara, y Fitz se detuvo para asentir antes de marcharse a toda prisa.

Barbara volvió a prestar atención a Blake, su sonrisa trémula sugería que podría llorar en cualquier momento. —Has venido por mí —susurró ella.

Blake respiró hondo y lo dejó salir mientras asentía. —Lo hice. Estaba tan preocupado. ¿Él... él se propasó contigo?

Ella negó con la cabeza. —No.

—Le dispararía si lo hiciera.

—¿Harías eso por mí?

Asintiendo, Blake una vez más dejó caer su frente sobre la de ella. —¿Estás segura de que no te ha hecho daño?

Barbara casi se decepcionó cuando tuvo que decir, —Sí, estoy segura.

—¿Te ha asustado?

Inclinando la cabeza hacia un lado, Barbara pensó en el momento en que le clavaron la pistola en la mejilla. —Sí.

—Entonces le dispararé por eso —juró Blake.

Una deliciosa sonrisa se extendió por el rostro de Barbara. —Creí que realmente eras un pirata cuando te vi hace un momento.

Blake dirigió su atención a las tablas que conectaban los dos barcos. —Puede que vuelvas a hacerlo cuando te diga que tenemos que caminar por la plancha.

—¿Qué? —A pesar de la incredulidad en su voz, Barbara permitió que Blake la guiara hasta donde el conjunto de tablones abarcaba la división entre las dos cubiertas. Una oleada de mareo la hizo aferrarse a la cintura. —No puedo caminar por la plancha —consiguió decir.

Sin avisar, Blake levantó a su Bo Peep en brazos y cruzó el abismo entre los dos barcos, sonriendo cuando vio que ella había cerrado los ojos y rodeado su cuello con los brazos.

Una vez en el *Molly*, su tripulación estalló en vítores y Barbara abrió los ojos.

—No ha sido tan malo, ¿verdad? —le preguntó él mientras la ponía de pie.

Ella luchó por mantenerse en pie, y cuando Russell se dio cuenta, simplemente la volvió a coger en brazos. Miró a su tripulación, la mayoría entusiasmada al verlo llevar a una mujer. —Lleven a Dorchester al calabozo. Llévennos de vuelta a Londres. Tenemos que cobrar una recompensa por haberlo capturado —exclamó.

La tripulación estalló en otra ronda de vítores antes de dispersarse para cumplir sus órdenes. La recompensa prometida en la carta de Lord Chamberlain era realmente por devolver a la señorita Wycliff a su padre, pero su tripulación no necesitaba saber eso.

Y tampoco Barbara.

CAPÍTULO 12

UNA DONCELLA PERDIDA

Con Barbara todavía entre sus brazos, Blake se dirigió a su camarote.

—¿A dónde me llevas? —preguntó ella todavía con sus manos sujetándose alrededor de su cuello.

—A mi... al camarote del capitán —logró decir. —Tengo una cómoda silla para ti, o hay una cama por si deseas recostarte.

—¿Tu cama? —preguntó ella, sonando casi esperanzada.

Blake tragó. —Sí. Si nuestro viaje de vuelta a Londres dura toda la noche, entonces me encargaré de que tú y tu doncella...

—¿Dónde está Woodcock? —preguntó Barbara, mirando hacia donde Althea había estado de pie con la valija. —Me gustaría quitarme este traje y ponerme ropa más abrigada.

—Está por aquí en alguna parte—. Blake frunció el ceño, preguntándose dónde estaría la doncella. —Ella tiene tu valij- —Se giró, su mirada buscó la zona donde él había estado por última vez junto a Althea, pero esa parte de la cubierta estaba ahora abandonada.

Observó cómo Fitz y Blakely se ocupaban de Lord Dorchester, los dos se las arreglaban para arrastrar el cuerpo del barón a través de los tablones. Una vez que estuvieron a bordo del *Molly*, los tablones de madera fueron arrastrados hacia el barco, y las cuerdas que unían los dos barcos fueron soltadas.

El capitán Bimmington estaba con las manos en la cadera, observando atentamente cómo el *Molly* se alejaba del *Tuscan*, como si le preocupara que los dos barcos pudieran colisionar. Hizo un gesto con la mano cuando se vio que llevaban rumbos distintos. —Que el viento los acompañe —gritó.

Blake agradeció las palabras con un —Y a ustedes —antes de llevar a Barbara a su camarote.

La puso en el borde de su cama. —Haré que tu criada se reúna contigo cuando la encuentre —dijo mientras él se enderezaba. En la penumbra, dejó que su mirada se detuviera un momento. A pesar de su vestido arrugado, el color rojo desvaído de sus labios y la evidencia de que había estado expuesta al viento y al sol ese día, sus ojos brillaban al mirarlo.

Todavía lo dejaba sin aliento.

Encontrando la tentación demasiado grande, Blake se inclinó y la besó.

Al igual que el beso que le había dado en el baile, Barbara no lo esperaba pero le devolvió el beso sin dudarlo.

Blake finalmente se apartó, su corazón martilleaba a pesar de la emoción de la última media hora que había pasado. —Sé que debería disculparme…

—No te atrevas —advirtió ella con un movimiento de cabeza.

—Oh, bien entonces—. Blake tomó su cara entre sus manos y la besó de nuevo, esta vez por un momento más. —No lo haré —susurró antes de hacer una ligera reverencia. —Por favor, ponte cómoda. Tengo que ocuparme de algo, pero volveré pronto—. Se retiró de su camarote.

Barbara dejó escapar el aliento que había estado conteniendo, triste por la pérdida de sus atenciones, pero reconfortada por el hecho de que él simplemente había continuado donde lo habían dejado la noche anterior en el baile.

¿Realmente había sido la noche anterior? ¡Habían pasado tantas cosas en tan poco tiempo!

Se levantó y dio unos pasos para comprobar su equilibrio. El movimiento del agua bajo un barco más grande era menos perceptible que en el *Tuscan*, y caminó con seguridad hasta la puerta del camarote para mirar hacia fuera.

Los tripulantes de la cubierta se agitaban, algunos trepaban por las cuerdas o tiraban de ellas en un esfuerzo por hacer que el *Molly* diera la vuelta para su viaje de vuelta a Londres. Fue entonces cuando se percató de que la bandera de la calavera y las tibias cruzadas ondeaba por encima, el viento azotaba la bandera blanca y negra con tanta fuerza que podía oír el sonido del aleteo.

—Piratas —susurró ella. Una combinación de incredulidad y miedo se apoderó de ella en ese momento. Con toda la emoción, no se había dado cuenta de que el barco de Blake era realmente un barco pirata.

Una mano se dirigió de nuevo a su centro mientras luchaba contra el mareo. Comida. Realmente necesitaba comida. Decidida a encontrarla, se dirigió hacia las únicas escaleras que pudo encontrar.

—¿*E*stá ella aquí? —preguntó Blake cuando entró en el puente de mando. Nelson estaba al timón, luchando para que el barco se dirigiera al norte.

—¿Quién? —respondió el primer oficial.

—Woodcock.

Nelson hizo una pausa en su tarea y miró fijamente al capitán. —Estaba en cubierta hace un momento —dijo mientras fingía buscar a la doncella.

—No está aquí—. Estaba a punto de decir más, pero el capitán desapareció.

Blake se apresuró por la cubierta. Al no encontrar a la señorita Woodcock en ninguna de las barandillas, se situó bajo el mástil principal y llamó a Flinn. —¿Dónde está la doncella?

El vigía se asomó a la cofa, con la mirada fija en el barco. Luego dirigió su atención hacia el *Tuscan*, y extendió su brazo. —Por allá —gritó. —En el *Tuscan*.

Blake se dio la vuelta y se dirigió a la popa, con la atención puesta en la doncella que ahora estaba en la barandilla del otro barco. En la cubierta, junto a sus pies, estaba la maleta. —¿Qué es lo que ha hecho? —gritó confundido, dándose cuenta de que ella tuvo que haber caminado por la plancha para subir al *Tuscan* cuando los dos barcos aún estaban unidos. ¿Estaba loca?

¿O es que les había jugado un truco?

—He decidido que quiero vivir en Francia —respondió Althea, encogiendo los hombros de forma que parecía que no le importaba nada. —Gracias por el viaje—. Su enorme sonrisa sugería que había tomado su decisión mucho antes de subir al *Molly*.

Un sentimiento molesto hizo que Blake maldijera en ese momento. Realmente había esperado que ella no fuera lo que Nelson había sospechado, pero parecía que su primer oficial tuvo la razón. —¿Con veinte mil libras, supongo? —le replicó él.

La doncella hizo una reverencia y volvió a sonreír, pero no dijo nada. La distancia entre los dos barcos habría impedido que se oyera su respuesta.

—Maldita sea —exclamó Blake. —Maldito sea todo el infierno.

Althea Woodcock había estado en esto con Lord Dorchester todo el tiempo. Probablemente había sido enviada con el rescate por su empleador, de modo que si un barco no hubiera podido interceptar al *Tuscan* antes de que éste llegara a Calais, el rescate pudiera ser pagado.

Bueno, ¿qué haría Sir Peter cuando descubriera que ella se había ido con su dinero? ¿Dinero que probablemente debía ser la recompensa por devolver a Barbara Wycliff a Londres? Blake estaba reflexionando sobre esto y más cuando regresó al puente de mando para contarle a su primer oficial lo que había descubierto.

—Se ha ido, ¿verdad? —preguntó Nelson cuando Blake se reunió de nuevo con él.

Blake se permitió una mueca, pensando que su primer oficial parecía muy satisfecho de sí mismo. —En el *Tuscan*. Con la valija, por supuesto —dijo con un largo suspiro. —Maldita sea, ¿cómo es que llegó hasta allí sin ser vista? —preguntó. —¿Con veinte mil libras, nada menos?

Nelson se permitió un gruñido. —Oh, no con las veinte mil libras —contraatacó, una sonrisa apenas oculta que finalmente creció para mostrar sus dientes ligeramente amarillentos.

Blake parpadeó. Y volvió a parpadear. —¿Qué está diciendo?

Su primer oficial se encogió de hombros. —La valija que lleva consigo no es la misma con la que subió a bordo.

Con las cejas fruncidas por la confusión, Blake sacudió la cabeza. —¿No lo es? —Un destello de esperanza le hizo levantar una ceja.

—No—. Nelson se agachó y luego levantó una valija del suelo junto a sus pies. —Esta es la que ella trajo a bordo. Tiene ropa dentro, como ella dijo, pero hay más debajo. Mucho más.

Con una sonrisa que se formó lentamente para reemplazar su expresión de angustia, Blake dijo, —Cuando usted dice mucho más, ¿se refiere a veinte mil libras?

Un hombro se levantó mientras Nelson giraba el timón. —No puedo decir cuánto exactamente, ya que no puedo contar tanto —respondió. Volvió a dejar la valija a sus pies.

—Sinvergüenza.

Nelson levantó un dedo y lo agitó de un lado a otro. —Vamos, vamos —comenzó a decir antes de que Blake lo atrapara en un abrazo de oso.

—Hizo usted bien en confiar en sus instintos —dijo el capitán cuando soltó al sorprendido primer oficial. —Vas a ser un excelente capitán para este barco.

Arrugando una ceja, Nelson miró a Blake por un momento. —¿Está diciendo que va a renunciar al *Molly*? —preguntó con incredulidad.

Blake dejó escapar un suspiro, con sus pensamientos en Barbara. Por unos momentos en su camarote, había imaginado una vida entera con ella. Ahora que la realidad se estaba haciendo aparente de nuevo, tal vez sus fantasías eran una locura.

Sir Peter probablemente querría que su hija se casara con un aristócrata. O al menos, con un citadino adinerado. ¿Cuál sería la reacción del baronet cuando un simple capitán de barco pidiera permiso para cortejar a su hija?

—Tuve la idea de que tal vez era el momento —comenzó a decir Blake. —Pero... —Dejó que la frase se cortara y sacudió la cabeza. Miró hacia la valija —Si le parece bien, lo llevaré a mi camarote. A la señorita Wycliff le gustaría ponerse un vestido adecuado.

—Por mí está bien —respondió Nelson, usando la punta de su bota para empujar la valija en dirección a Blake. —Pero no se haga ilusiones.

El capitán asintió. —Si recuerdo bien la carta que Woodcock trajo a bordo, esto bien puede ser el dinero de nuestra recompensa —dijo con una sonrisa. —Dividirlo en quince partes significa que todos nos llevamos más de... —Hizo una pausa para hacer cuentas en su cabeza. —Mil trecientas libras.

—No cuente con ello todavía, capitán —advirtió Nelson.

Blake se mostró serio. —Buen punto—. Recogió la valija, pero antes de que pudiera darse la vuelta y dirigirse a su camarote, se detuvo y miró a Nelson con sospecha. —Si esta es la valija que la señorita Woodcock llevaba cuando subió a bordo, entonces ¿qué hay en la valija que se llevó al *Tuscan*?

La mirada de Nelson se alzó y luego se desvió hacia la izquierda y la derecha. —Un par de camisas viejas —murmuró.

Frunciendo el ceño, Blake se apoyó en el marco de la puerta. —¿Y? —preguntó. Sabía que la otra valija debía tener más cosas para que fuera tan pesada como ésta que Woodcock había traído a bordo. De lo contrario, la doncella habría sabido que la valija había sido cambiada por otra.

—Oh, algunas cáscaras de papas de la cena para esta noche. Un par de pescados. Un poco de pan viejo.

Blake puso los ojos en blanco, casi esperando que la doncella descubriera el cambio de equipaje y se quedara en el *Tuscan* para su viaje de vuelta a Londres. Si llegaba a Calais y desembarcaba, no tendría medios para pagar nada. —Ella estaba implicada con Dorchester, ¿verdad? —preguntó a medias. Woodcock probablemente había ayudado a organizar todo, incluyendo su sustitución de última hora como acompañante en el baile de máscaras de la noche la noche anterior.

Nelson se permitió encogerse de hombros. —Probablemente.

¿Cómo he podido ser tan ciego? se preguntó Blake, recordando cómo Lord Dorchester y la doncella habían estado emparejados para un baile la noche anterior.

—¿Ahora reclamará a la señorita Wycliff para usted? —preguntó Nelson.

Arrugando una ceja, Blake estuvo a punto de negar la pregunta de su primer oficial. Pero sabía que había una forma de asegurar para quedarse con la joven.

No era una forma muy honorable. Arriesgaría la recompensa que Lord Chamberlain insinuaba les pagaría al regreso de su hija. Pero la tentación era tan grande que se limitó a asentir en dirección a Nelson y se retiró del puente de mando.

CAPÍTULO 13

UNA DAMISELA Y UN CAPITÁN

En el camarote del capitán

Sorprendida de que fuera Blake quien regresó al camarote en lugar de Woodcock, Barbara se puso de pie, con una rebanada de pan a medio comer en una mano y en la otra lo que quedaba de una manzana. —¿Esa bolsa tiene un cambio de ropa?

Blake dejó la valija en la cama. —Creo que sí —contestó él mientras se inclinaba y la acariciaba en la mejilla. —Aunque aquí hay más que ropa.

Barbara se apresuró a dejar a un lado el pan y la manzana antes de abrir la valija. Metiendo la mano, empezó a sacar telas de color coral a puñados, seguidas de metros de muselina blanca. —Bueno, al menos ha traído mi vestido favorito. Estoy bastante cansada de usar rosa—. Levantó la vista y luego dirigió su atención a la puerta cerrada. —¿Qué has hecho con mi doncella? —preguntó mientras sacaba el vestido de crepé de Nápoles y las enaguas. —Necesitaré ayuda para vestirme.

Blake bajó la cabeza. —La señorita Woodcock... ella abordó el *Tuscan* poco después de que te trajera a bordo. Parece que prefiere a Francia antes que a Inglaterra.

Levantando la cabeza, Barbara miró a Blake por un momento antes de sentarse en la cama. Con fuerza. —Oh —murmuró, con una decepción evidente en su voz. Su ojos se abrieron de par en par un instante después, y dejó caer la cabeza entre sus manos. —Oh, no. Por favor, dime que ella no fue parte de esto.

Blake inmediatamente se unió a ella en la cama, atrayendola a sus brazos. —Lo siento mucho, pero no puedo. ¿Tenías alguna idea de que ella y Lord Dorchester estaban tramando un plan tan nefasto? —preguntó en voz baja.

Por la forma en que su cuerpo se estremeció, Blake supo que Barbara estaba llorando. Sintió que la cabeza de ella se agitaba contra el hombro de él, y sonó un sollozo silencioso.

—Nnn... no —consiguió decir. —¿Cómo ha podido? ¿Cómo pudo hacer algo así?

—¿Desde cuándo es tu doncella?

Hubo una pausa antes de que Barbara sorbiera por la nariz y levantara la cabeza de su hombro. —Un mes, es todo —logró decir entre sollozos. —Sin embargo, vino con la mejor de las recomendaciones. Era una criada en una mansión. La mansión de un barón.

En el mismo momento en que Blake resolvió la identidad del barón, Barbara también lo hizo. Ella sacudió la cabeza e inhaló bruscamente. —¡Ese canalla!

—En efecto. Probablemente planearon esto mucho antes de que ella llegara a estar a tu servicio —razonó Blake. —Esperando hasta que necesitaras de una doncella para que ella fuera la primera en solicitar el puesto.

Barbara puso los ojos en blanco. —Althea Woodcock lo solicitó incluso antes. Y fue la única que lo hizo —añadió, con la atención puesta en algo lejano. —Nadie más se presentó, al menos que yo sepa.

Frunciendo una ceja, Blake preguntó, —¿Dices que se presentó antes de que necesitaras de una doncella?

Asintiendo con la cabeza, Barbara lo miró un momento. —Ella tuvo que saber que mi padre iba a pensionar a mi antigua doncella. Cruthers era bastante mayor, ves.

Con las cejas todavía fruncidas, Blake se cuestionó sobre el momento del secuestro. Tanto el barón como la doncella debían estar en los lugares precisos la noche anterior para poder llevarlo a cabo. Ordenar al carruaje de Wycliff que siguiera al carruaje de Dorchester había sido brillante: el conductor se habría convencido de la devoción de Woodcock por su señora cuando lo instó a seguir el carruaje de Dorchester, especialmente cuando ella intentó abordar el *Tuscan*.

—Dorchester esperaba llegar a Calais y luego reunirse con Woodcock —razonó Blake. —Él debía saber que tu padre organizaría un rescate o enviaría el rescate—. Al echar un vistazo a la valija, pudo ver el montón de notas bancarias que llenaban la mitad inferior. Nunca en su vida había visto tantas. —Y que tu padre le confiaría el rescate a la señorita Woodcock.

Barbara se inclinó y miró fijamente a la valija. —¿Veinte mil libras? —susurró incrédula. —Dudo que él le confiaría a ella tanto dinero.

Encogiéndose de hombros, Blake dijo, —No lo he contado, por supuesto, pero me aseguraré de entregárselo directamente a tu padre cuando te devuelva a Parkenhurst House.

Una sensación de melancolía se apoderó de Barbara en ese momento. Le dio la espalda. —Ya que parece que me he quedado sin doncella, ¿podrías desatar las cintas por mí? Tengo que quitarme este vestido —dijo con un suspiro.

Blake se quedó mirando la espalda de la joven vestida de rosa, observando cómo una hilera de cordones mantenía los bordes unidos. A pesar de su petición, se detuvo antes de desatar el lazo. Con un dedo en forma de gancho, aflojó cuidadosamente los cordones hasta la base de la columna vertebral. Debajo de su vestido había un corsé anticuado del siglo pasado. —Probablemente debería... darme la vuelta mientras te desvistes —murmuró. Pero no lo hizo, sino que esperaba que ella le pidiera que siguiera desvistiéndola.

Barbara le echó una mirada por encima del hombro. —Entonces... ¿no eres realmente un pirata? —preguntó con una voz llena de decepción.

Blake dio un respingo. Pero antes de que pudiera responder, ella añadió, —He visto la bandera. La calavera y los huesos cruzados. ¿No significa eso que este es un barco pirata?

Poniendo los ojos en blanco, Blake sacudió la cabeza. —Eso fue... meramente teatral —explicó él. —Una forma de infundir miedo a la tripulación del *Tuscan*, ya que no sabíamos si el capitán Bimmington estaba al tanto de tu circunstancia o no.

Barbara resopló mientras se levantaba y se sacaba el vestido de seda arrugado y una serie de enaguas con volantes. —Es un hombre bastante corto de mente —refunfuñó ella.

Estando la cortesía de ponerse de pie cada vez que

una mujer lo hacía tan arraigada en él, Blake lo hizo y se esforzó por mantener su atención por encima del pecho de la mujer. Cuando las palabras impregnaron su cerebro, frunció el ceño. —¿El capitán Bimmington?

Ella asintió. —Le expliqué en términos inequívocos que no estaba casada con el señor Smith... Lord Dorchester, quiero decir —corrigió —y sin embargo, el capitán parecía decidido a creer que lo estaba.

Ella se llevó las manos a las caderas y Blake hizo todo lo posible por no acercarse y tirar de ella contra la parte delantera de su cuerpo. El corsé apenas contenía su generoso pecho, y llevaba un escandaloso par de pantaletas de seda blanca con varias filas de volantes alrededor de las rodillas. Las medias de seda blanca que cubrían sus pantorrillas hicieron que su mirada se dirigiera a sus tobillos.

Unos tobillos bien torneados.

Blake tragó saliva. Con fuerza. Y entonces se dio cuenta de lo que había dicho. La alarma hizo que la atrajera hacia sus brazos. —¿Acaso Dorchester te arruinó? Porque si lo hizo, bajaré al calabozo y le daré una paliza...

—No lo hizo.

Las palabras eran tan silenciosas que Blake bajó la cabeza para poder ver más de su cara. —¿Barbara? —susurró, sin darse cuenta de que había utilizado su nombre de pila.

—Parece que no soy exactamente digna de ser arruinada —dijo ella con un largo suspiro. —De hecho, empiezo a creer que mi dote puede no ser suficiente para convencer a ningún hombre de arruinarme, y mucho menos de casarse conmigo —dijo en voz baja.

—Eso no es cierto —argumentó él. —Yo te arruinaría con gusto.

Barbara parpadeó.

Blake inhaló bruscamente. —Es decir, estaría… me sentiría honrado de… arruinarte.

—¿Lo harías? —Su respuesta estaba llena de sorpresa.

Una sorpresa agradable.

Él se quedó perplejo. —Bueno, me sentiría más honrado si pudiera tomarte como esposa, pero…

Los ojos de Barbara se abrieron de par en par y luego la sospecha los llenó. —¿Por mi dote?

Blake frunció las cejas y negó con la cabeza. —No.

Lanzándole una mirada fulminante, Barbara replicó, —¿Entonces por qué?

Blake suspiró. —Porque estoy bastante… prendado de ti.

Ella se sacudió en sus brazos. —¿Lo estás? —Sus palabras estaban llenas de asombro.

—Lo estoy—. Tomó aire y continuó. —Pero soy un plebeyo…

—Como yo.

—y dudo que tu padre me dé permiso para cortejarte...

—¿Cortejarme?

Asintió con la cabeza. —Bueno, por supuesto. Lo más justo sería que aprendieras más sobre mí...

Las palabras de Blake se detuvieron cuando los labios de Barbara chocaron con los suyos. Su sobresalto duró sólo un momento antes de devolverle el beso, deleitándose con su desenfrenado entusiasmo y la forma en que ella presionaba la parte delantera de su cuerpo contra el suyo. Sus brazos rodearon los hombros de ella y, un momento después, sintió los dedos de ella acariciar su cabello oscuro.

Cuando finalmente se separó -sólo lo suficiente para respirar profundamente-, dejó su frente pegada a la de ella. —Estás en grave peligro, milady —susurró él.

—¿De verdad? —respondió Barbara, quizá con demasiado entusiasmo.

Blake se enderezó y la miró con una sonrisa de satisfacción. —¿Por qué tengo la impresión de que quieres que tome tu virtud?

Inclinando la cabeza para que la nariz de él terminara en lo que quedaba de su desordenado moño, Barbara maulló, —Quizás porque lo quiero. Desde que te conocí anoche -que ahora parece que fue hace semanas- me he preguntado si podrías ser el indicado.

—¿El indicado? —repitió él.

Levantó la cabeza y le miró con una sonrisa pícara. —El que podría ver más allá de mi más bien voluminosos...

—No eres voluminosa —interrumpió Blake.

—Pechos —continuó ella —y anchas caderas...

—Tus caderas son perfectas —dijo él, moviendo sus manos para tirar de la parte inferior de su cuerpo contra la suya para reforzar su afirmación.

—Y verme como quien realmente soy.

Él parpadeó. Y parpadeó de nuevo. —Para que lo sepas, estoy maravillado con tus pechos—. Inclinándose, besó la parte superior de cada uno a su vez, sabiendo muy bien que su pelo sedoso le hacía cosquillas en los hombros. —Y tus caderas—. Apretó sus caderas entre sus grandes manos. —Y todo lo que hay en medio, y por encima... —Hizo una pausa para besar su frente. —Y por debajo—. Se arrodilló y besó cada muslo justo por encima de los volantes de sus calzoncillos, y luego dejó caer sus labios a la parte superior de sus pies, donde los besó ambos.

Levantando la cabeza, vio cómo ella lo miraba fijamente, con una expresión de asombro grabada en su rostro.

Blake sabía que nunca olvidaría esa mirada. Y sabía exactamente cómo podía asegurarse de que permaneciera allí. —Si tu padre me da permiso, pediré tu mano —susurró.

Barbara lo miró por un momento antes de finalmente parpadear varias veces. —Oh, lo hará —murmuró ella. —Me encargaré de que lo haga—. Colocó sus manos bajo las axilas de él y lo ayudó a levantarse. —Haz lo que tengas que hacer para arruinarme —le rogó.

Blake emitió un sonido parecido a un gruñido. —No puedo. Todavía no —añadió él, observando el destello de ira que cruzó por el rostro de ella. —Pero... Puedo... Puedo darte un... un preludio de lo que podrías esperar en nuestro lecho matrimonial —tartamudeó, arrepintiéndose casi inmediatamente de la oferta.

¿Cómo diablos iba a contenerse? La mera sugerencia de que ella quería que la arruinara hizo que su polla respondiera como si fuera una emergencia. Si necesitaban otro mástil desde el que hacer ondear una bandera, su polla serviría en un santiamén.

—¿Un preludio? —repitió ella.

Asintiendo con la cabeza, Blake se acercó a ella por detrás y tiró de los lazos que sujetaban sus pantaletas. La tela de seda blanca cayó a los tablones de madera de abajo en el mismo momento en que ella soltó un "¡Oh!". Dejó escapar otro cuando una de las manos de él se deslizó por su monte y luego entre sus muslos.

Ella jadeó, y sus ojos se oscurecieron de comprensión. —Realmente no creo que pueda permanecer de pie...

Barbara dejó escapar un grito de sorpresa cuando Blake la levantó y luego la colocó sobre la cama. La siguió hacia abajo, su mano volvió inmediatamente a los húmedos rizos que ocultaban su feminidad.

—Llevas demasiada ropa —se quejó ella.

Blake hizo una pausa en sus atenciones. —Es cierto —reconoció. Se levantó de la cama el tiempo suficiente para quitarse el chaleco y la camisa. Al ver los ojos abiertos de Barbara, miró hacia abajo. —¿Demasiado vello? —preguntó, preocupado de repente por que ella se sintiera ofendida.

Barbara negó con la cabeza. —Es que nunca había visto a un hombre con el pecho desnudo —respondió ella.

Lo había hecho, por supuesto, pero el recuerdo de que cuando era niña veía a su padre, bastante hirsuto, en bata, le hacía pensar que todos los hombres eran tan peludos como los osos que había visto en la casa de fieras de la Torre de Londres.

—Tengo ganas de quitarte el corsé sólo porque no te creo —le advirtió él.

Sus ojos se abrieron de par en par con deleite, Barbara dijo, —Oh, ¿lo harías?

Blake suspiró. —Lo vas a poner fácil, ¿verdad?

Ella parpadeó y luego sus ojos se desviaron hacia un lado. —¿Debo hacerlo difícil? —replicó ella, levantándose sobre un codo.

Sonriendo, él se inclinó y la besó. —Creo que me he enamorado de ti —susurró.

Barbara tragó saliva, aturdida al escuchar sus palabras. —¿Oh? —exhaló ella, consciente de que una de sus manos se había movido, provocando con su dedo una serie de cosquilleos bastante agradables bajo su piel y luego en todo su abdomen. Por un momento, no estaba segura de poder respirar.

No estaba segura de querer respirar.

Nunca más.

Blake rozó con sus labios el hombro desnudo de ella. —Lo que quiero decir es que he estado pensando en ti a cada momento durante los últimos...

—¡Oh! —La palabra fue bastante sonora, y Blake sintió una profunda satisfacción al repetir la acción que había provocado la respuesta. Cuando ella hizo el mismo sonido, supo que la tenía.

Bajó por la parte delantera de su cuerpo, y sus labios se detuvieron aquí y allá para dar ligeros besos allí donde encontraba piel desnuda. Aunque había recibido una clara invitación para arruinarla, Blake no tenía intención de tomar su virtud. Su polla obviamente no había recibido el mensaje, dado que parecía tener una mente propia. Y tal vez una bandera pirata unida a su extremo. El maldito apéndice no quería otra cosa que reclamar un lugar dentro de ella. Saquear y pillar y dejar su tesoro para una futura visita.

Sacudiendo los extraños pensamientos de su cabeza -ambas-, Blake acomodó su cuerpo entre las piernas abiertas de ella.

La invitación de ella era evidente, y él no estaba dispuesto a mostrar su arrepentimiento.

Sustituyendo los dedos por la lengua, procedió a acariciar su feminidad con la punta de ésta. Deleitándose con sus suaves jadeos y maullidos de placer, introdujo su lengua en el apretado y húmedo espacio que su polla estaba deseando invadir.

Luchando contra todo pensamiento de tomar su virtud, Blake se concentró en llevarla al borde del éxtasis. Se concentró en los muslos de ella y en cómo aprisionaban su cabeza entre ellos. Concentrado en cómo su cuerpo se agitaba bajo su agarre.

Y entonces, cuando estuvo seguro de que ella no podía soportar más, pasó su lengua por su hinchada feminidad.

Una vez.

Dos veces.

No hubo una tercera vez. Bárbara pareció romperse debajo de él, sus piernas antes rígidas cayeron a los lados lados para que sus muslos quedaran expuestos a él. Él aprovechó la oportunidad de succionar cada uno de ellos por un momento, sonriendo cuando sus maullidos se convirtieron en un susurro ocasional de "sí".

Cuando estuvo seguro de que ella había tenido suficiente, Blake volvió a subir por su cuerpo, dejando caer besos en sus muñecas y en el interior de sus codos. Cuando la oyó reírse, enterró la cabeza justo por encima de sus pechos y dejó escapar un largo suspiro.

Los dedos de ella se clavaron en su cabello, y él gruñó cuando las uñas de ella le rasparon el cuero cabelludo y le produjeron escalofríos de placer en la nuca. —Pícara —la acusó en un susurro.

Sus manos se calmaron. —¿Eso es... bueno? ¿O... malo? —preguntó en un susurro.

De mala gana, Blake levantó la cabeza de su pecho. —Bueno para mí. Malo para tu virtud, seguramente.

Ella sonrió y volvió a poner los dedos en su cabello. —¿Tomarás mi virtud?

Asintiendo con la cabeza, porque ahora no había forma de que permitiera a nadie más hacerlo, Blake dijo, —Lo haré, pero no en esta noche. No hasta que sepa con certeza que eres mía.

Las palabras parecieron apaciguarla, aunque él sabía que la decepción se había apoderado de ella. —¿Estás consciente de que, una vez comprometidos, soy libre de acostarme contigo?

Barbara levantó la cabeza, y su decepción fue reemplazada por la esperanza. —¿De verdad?

—No puedo creer que esté diciendo esto, pero sí —reconoció él. —Quizá podamos casarnos con una licencia especial, para que no tengas que esperar tanto.

—Tú tampoco tendrás que esperar tanto —replicó ella, moviendo una mano para acariciar el miembro rígido tras la solapa de sus pantalones.

Blake se sacudió y gimió en respuesta, con los ojos cerrados para no ceder a sus bajos instintos. —Es cierto. Muy cierto.

Permanecieron en un silencio agradable durante un tiempo, el sueño casi los reclama a ambos.

—Dormirás aquí esta noche, por supuesto —murmuró él. —No creo que lleguemos a Londres hasta primera hora de la mañana.

—¿Y entonces qué pasará?

Blake frunció el ceño y la abrazó con más fuerza. —Te acompañaré a Parkenhurst House, por supuesto. Le explicaré a tu padre lo que ha pasado y le daré el dinero.

—¿Eso es todo?

Él suspiró. —Le pediré permiso para cortejarte.

—¿Y entonces?

Suspirando, Blake levantó la cabeza de su pecho y se permitió una brillante sonrisa. —Entonces presentaré un informe a mi superior; tendré que detallar los acontecimientos de este día...

—¿Todos? —preguntó ella alarmada.

—Bueno, todos menos los de la última hora, más

o menos —respondió él. —No te preocupes. Te mantendré en secreto, al menos con mis hombres.

Ella pareció pensar un momento en sus palabras. —¿Eres el dueño de este barco?

Él negó con la cabeza. —No. Simplemente... lo capitaneo cuando nos envían... —Volvió a suspirar.

Barbara, con las cejas fruncidas, lo miró por un momento. —No eres realmente un pirata. Pero si no lo eres, ¿quién te ha enviado a buscarme?

—¿Puedes guardar un secreto?

Los ojos de Bárbara se abrieron de par en par con deleite. —Oh, puedo, sí.

Blake asintió. —Bien —susurró mientras le ofrecía su mano derecha. —Blake Russell, Ministerio de Asuntos Exteriores.

Ella estrechó torpemente su mano mientras la comprensión llenaba sus ojos. —¿Te han enviado a buscarme? —Su cabeza cayó sobre la almohada, como si se sintiera ofendida.

—Créeme si te digo que habría ido a buscarte aunque no tuviera el deber de hacerlo —respondió él, esperando que no se sintiera decepcionada. Tal vez ella había estado pensando que él la había estado siguiendo desde que había desaparecido del baile la noche anterior.

—Entonces, si no eres un pirata...

—Soy el capitán de un barco que persigue piratas y corsarios, contrabandistas y demás.

—Continúa —le instó ella.

—Estoy a las órdenes de Lord Chamberlain, y el *Molly* es propiedad de la Marina británica. Nuestra misión es capturar contrabandistas, en su mayoría, pero de vez en cuando tengo que asumir algunas misiones bastante inusuales, como ésta.

—Hmm—. Se quedó callada durante un rato. —Y si nos casamos, ¿a qué te vas a dedicar?

Blake pensó en la discusión que había tenido con Nelson esa misma mañana. ¿Realmente sólo había sido esa mañana? El día parecía haber durado semanas.

—Creo que podría ser el momento de considerar una vida diferente —murmuró él. —Algo un poco más terrestre. O más regular.

No podía creer lo que estaba diciendo. Recordó haber sentido pena por Alex Bradley, ya que el antiguo capitán de barco estaba ahora pilotando un escritorio en Horseguards.

—¿No echarás de menos capitanear un barco? —preguntó Barbara en un débil susurro. El camarote había quedado a oscuras al ponerse el sol, y sin una vela, la habitación estaba cubierta de grises oscuros.

—Posiblemente. Pero si sé que te tengo a ti para volver a casa todos los días, no me importará tanto.

El silencio se prolongó durante un tiempo, y Blake pensó que tal vez Barbara se había quedado finalmente dormida. A punto de levantarse de la cama para vestirse y volver al puente de mando, no pudo hacerlo cuando ella lo sujetó con más fuerza.

—Mi padre está considerando la compra de algunos barcos —susurró ella. —Barcos mercantes, muy parecidos al *Tuscan*.

Blake parpadeó. —¿De verdad? —Después de escuchar a Nelson enumerar todas las propiedades que Sir Peter ya poseía, Blake supuso que no debería sorprenderse de que el baronet quisiera aumentar sus posesiones.

—Necesitará capitanes, por supuesto —insinuó ella.

—Pero, no creo que pueda soportar estar lejos de ti durante semanas —razonó él.

Barbara se movió debajo de él. —Tal vez podría... acompañarte.

—¿Harías eso? —Blake se sentó y la miró fijamente. En la oscuridad, apenas podía distinguir su piel blanca y lechosa contra la manta oscura en la cama.

—Lo haría. Suelo marearme, pero no lo he notado tanto desde que estoy a bordo de este barco —dijo ella, con una pizca de sorpresa en su voz.

—Probablemente porque he mantenido tu mente alejada de ello —bromeó él. Bajó sus labios hacia los de ella. Si pudieran simplemente marcharse. Disfrutar de la compañía del otro durante el día y pasar las noches haciendo el amor bajo las estrellas. —Pienso quedarme contigo toda la noche.

Él escuchó su ligero murmullo y sonrió cuando ella dijo, —Entonces hazlo. No me importará.

La besó por última vez, Blake suspiró y dejó caer la cabeza sobre su hombro. Cuando estuvo seguro de que ella estaba dormida, se desprendió de su cuerpo, la cubrió con una manta y se marchó de la cabina.

Tal vez una discusión con su primer oficial le haría entrar en razón.

CAPÍTULO 14

DISCUTIENDO SOBRE LA POSIBLE COMPAÑERA DEL PRIMER OFICIAL

Mientras tanto

*A*l darse la vuelta y dirigirse a la costa inglesa, el *Molly* apenas logró avanzar por el fuerte viento.

—Es posible que este sea uno de esos cruces de veinte horas —Nelson se quejó desde donde se encontraba en el timón.

Fitz se permitió encogerse de hombros. Teniendo en cuenta los acontecimientos del día, no quería que se acabara tan pronto. El maestre de navegación había observado con asombro cómo su capitán había rescatado a la damisela vestida de rosa del secuestrador. Se maravilló de cómo los miembros de la tripulación se habían unido para escoltar al barón hasta el calabozo y procurar que se sintiera lo más incómodo posible. Disfrutó de la camaradería mientras sus compañeros cenaban y bebían cerveza.

Todavía no podía creer que él hubiera desafiado al capitán por el mando del barco hacía apenas dos noches. ¿Cómo pudo ser tan tonto, incluso en estado de ebriedad? —No creo que al capitán le importe si tardamos una semana para volver a Londres —dijo en respuesta.

Nelson le dirigió una mirada tranquilizadora. —¿Sabes lo que esto significa?

Con las cejas fruncidas, Fitz sacudió la cabeza. —El capitán no va a ceder el mando del Molly. Incluso si consigue a la chica. Y dado que el padre de ella es uno de los hombres más ricos de todo Londres, dudo que él le permita casarse con ella —razonó el maestre de navegación.

Bastante impresionado por la respuesta de Fitz, Nelson miró en dirección a al camarote del capitán. Blake y la joven habían estado allí -sin escolta- desde que habían dejado el *Tuscan*.

Los detalles del secuestro se mantendrían en secreto, o al menos tanto como fuera posible dado que la tripulación del *Tuscan* sabía tanto como cualquiera en el *Molly*, por lo que la reputación de la señorita Wycliff no sufriría.

Sin embargo, si pasaba mucho más tiempo en el camarote de Blake, quedaría completamente arruinada. Tal vez ese era el plan de su capitán. Arruinar a la Pequeña Bo Peep para que su padre tuviera que aceptar que se casara con ella.

El muy canalla.

Nelson sacudió la cabeza. Acababan de tener una discusión sobre no casarse. ¿Cómo podían cambiar tantas cosas en sólo dos días?

Con Lord Dorchester encerrado en el calabozo bajo cubierta y la señorita Woodcock en Calais, con sus únicas posesiones un par de camisas suyas, dos peces muertos y un saco de cáscaras de papa, Nelson sabía que no había nada más que hacer hasta llegar a Wapping.

Pensó en la misiva de Lord Chamberlain y finalmente se permitió una sonrisa. —Tendremos un día de pago decente de este viaje —dijo, esperando que la promesa de una buena cantidad de dinero fuera suficiente para satisfacer a su capitán si no conseguía la chica.

—A decir verdad, casi haría esto por nada —respondió Fitz respondió, con su atención dirigida al norte. —Mientras tenga un lugar para dormir y comida para comer.

Nelson parpadeó. —Bueno, ¿no eres un marinero ejemplar? —se burló. Pero comprendió el sentimiento del joven.

Y entonces un pensamiento sobre la señorita Woodcock hizo que su propia polla amenazara con levantarse.

Sacudió la cabeza. ¿Qué demonios? Ella no era lo que a él más le atraía, así que ¿por qué surgían esos pensamientos de ella sin proponérselo? Especialmente cuando ella había resultado ser una ladrona?

—Estás pensando en esa doncella de nuevo, ¿no es así? —Fitz se burló.

Nelson se inclinó inmediatamente hacia adelante en un esfuerzo por ocultar el bulto que estaba creciendo en su región inferior. —No lo estoy.

Fitz ni siquiera trató de ocultar su sonrisa. —Ella estaba prendada de ti —replicó. —Dijo que te conocía de cuando eras un carterista, y que los dos solían trabajar con las multitudes en los jardines de placer.

Sus ojos se abrieron de par en par, alarmados, y Nelson se llevó el dedo a los labios. —No difundas esas mentiras —advirtió él.

Fitz se limitó a poner los ojos en blanco. —Ella dijo que dirías eso. Estaba impresionada por lo lejos que has llegado. Dijo que tuvo que luchar como criada durante mucho tiempo antes de poder ser contratada como doncella. Sólo porque su ama no es una dama excepcionalmente bella. Así que estaba realmente asustada cuando la señorita Wycliff fue secuestrada. Pensó que se quedaría sin un puesto. Así que supongo que estoy tan sorprendido como cualquiera de que ella eligiera Francia en lugar de volver con nosotros a Inglaterra.

Nelson fingió que escuchaba a medias lo que el maestre de navegación tenía que decir. —¿Cuánto tiempo tuviste que pasar en su compañía para enterarte de todas esas tonterías?

—No más de media hora. Era una mujer muy agradable. Tendré que tenerla en cuenta en caso de que decida dejar el mar—. Observó al primer oficial, esperando una reacción.

No se decepcionó.

—Mira, tonto. La mujer era una ladrona —argumentó Nelson.

—Sí. Te robó el corazón —replicó Fitz.

Al oír las palabras del maestre de navegación, Nelson estuvo a punto de protestar. En cambio, miró en dirección a Francia y frunció el ceño. —¿Qué es eso?

Un conjunto de velas, apenas visibles en el horizonte que se oscurecía, parecía surgir del mar.

—Traeré a Flinn —dijo Fitz, sabiendo que el vigía estaba cenando bajo cubierta.

Nelson estuvo a punto de decirle que no se molestara. Estaba seguro de que conocía la identidad del barco que seguía su estela. Pero Flinn ya estaba bajando por la empinada escalera interior.

En la creciente penumbra del crepúsculo, su atención se dirigió a la puerta del camarote del capitán. No esperaba ver a Blake Russell hasta la mañana, pero el capitán salió y se dirigió hacia él.

—Veo que el viento no está a nuestro favor —comentó Blake.

—Hubiera pensado que te alegrarías por ello —replicó Nelson.

Seguro de haber oído una nota amarga en la voz de su primer oficial, Blake dijo, —No la he arruinado si es lo que estás pensando. Hemos estado… hablando.

—¿Hablando? —La palabra fue dicha con una buena cantidad de incredulidad.

—Sobre nuestro futuro, y lo que yo podría hacer si Sir Peter me permite cortejar a su hija.

Nelson parpadeó. —¿Cortejarla? ¿Tú? —Sus ojos se dirigieron a la izquierda y luego a la derecha antes de sacudir la cabeza. —¿Dónde está el capitán Russell? Exijo saberlo. ¿Qué ha hecho con él?

A pesar del comportamiento serio del primer oficial, Blake se permitió una risa. —Parece que lo han sustituido.

—Diga que no es así —exigió Nelson.

Blake se permitió un encogimiento de hombros. —Maldita sea, hombre, creo que estoy enamorado —susurró con voz ronca.

—Lujuria, querrá decir. He visto cómo sus ojos se desvían hacia esos encantos tan generosos —argumentó Nelson. Blake actuó como si no pudiera oír a su primer oficial.

—¡Yo! Nunca hubiera imaginado que pudiera

ocurrir, pero soy la prueba viviente de que Cupido no perdona a nadie.

Nelson estuvo a punto de dejar de sujetar el timón. —Más vale que el gordinflón guarde sus flechas en su carcaj cuando cuando se trate de mí —advirtió.

Blake dejó escapar una carcajada. —Viene a por ti —advirtió con una sonrisa.

—¿Así que cree que está en ese barco? —Nelson preguntó mientras señalaba hacia el sur.

Blake siguió la dirección del dedo de Nelson y arrugó una ceja. —Que me aspen —murmuró. —¿Cómo diablos están avanzando tanto? —. Pues ahora que el barco que les seguía se acercaba en el horizonte, estaba claro que era el *Tuscan*.

—Deben haber decidido que no querían un polizón —comentó Nelson.

—Lo que significa que tal vez quieran devolverla —se burló Blake, aunque la idea de volver a ver a la doncella traidora no le agradaba.

Lanzándole una mirada tranquilizadora, Nelson añadió, —Y viajan ligeros. No hay carga, así que supongo que es lógico que puedan hacer buen tiempo".

—O la señorita Woodcock descubrió lo que había en la valija y les rogó que la llevaran a Londres —replicó Blake. —Tiene buenos instintos, Nelson. Tenía razón sobre ella.

El primer oficial bajó la cabeza. —¿Ah sí?

Blake miró al hombre más bajo con una mirada que enfatizaba su confusión. —¿Qué está insinuando?

Nelson puso los ojos en blanco y compartió a regañadientes un fragmento de la conversación que había mantenido con la doncella ese mismo día.

—¿Usted le cree? —preguntó el capitán mientras su mirada se dirigía de nuevo al *Tuscan*. Esta nueva información proporcionaba sin duda otra razón para que la señorita Woodcock hubiera huido del barco.

Sacudiendo la cabeza con frustración, Nelson dijo, —No sé si le creo o no.

Asintiendo con su comprensión, Blake se ofreció a tomar el timón. —¿Por qué no duerme un poco? Al menos hasta que ellos den a conocer sus intenciones.

Nelson lanzó una mirada en dirección al camarote del capitán. —¿No tiene a alguien a quien entretener?

Suspirando, Blake estuvo a punto de aceptar la oferta tácita de Nelson. En cambio, dijo, —Sigo siendo el capitán de este barco, y estoy bastante seguro de que mi invitada está profundamente dormida.

Nelson asintió y dijo, —Entonces, buenas noches, capitán—. Desapareció por la escalera dejando a Blake reflexionando sobre lo que vendría después.

CAPÍTULO 15

REFLEXIONES SOBRE EL PLACER DE UN PIRATA

Al mismo tiempo, en la cabina del capitán

Barbara supo en qué momento Blake había dejado la cama y su cabina, pues fue en el mismo momento en que ella experimentó una sensación de pérdida. El pesado calor del cuerpo del capitán a un lado de ella se alejó y fue sustituido por una manta que olía a lana y a la fragancia de Blake.

¿La había considerado demasiado promiscua al permitirle que la complaciera como lo hizo? Ella debió haberlo alejado. Haber opuesto resistencia, o al menos una palabra de desaliento. Insistir en que la dejara en paz hasta su regreso a Londres.

Pero si lo hubiera hecho, su cuerpo nunca se lo hubiera perdonado.

¿Cómo había conseguido aquel hombre hacerse

querer por completo después de sólo unos minutos de conversación y un par de bailes?

Con su conversación ingeniosa, por supuesto. Y la forma en que la miraba. No en la forma en que todos los demás hombres la veían. Blake Russell no parecía desanimado por sus pechos carnosos o caderas anchas o su falta de belleza. De hecho, parecía cautivado por ella, incluso cuando se había despojado de su vestido y enaguas de Bo Peep y se había presentado ante él en toda su gloria encorsetada.

Es un pirata, pensó ella con una sonrisa de satisfacción.

Pero, ¿y si realmente él sólo buscaba la recompensa? Su padre sin duda había ofrecido una recompensa por su regreso. Cuánto, no lo sabía. Pero dado que Sir Peter había enviado veinte mil libras con Woodcock en caso de que el *Molly* no alcanzara al *Tuscan* antes de que llegaran a Calais, significaba que él sí la quería de vuelta.

Ese último pensamiento reconfortante fue sustituido por el recuerdo de lo que Blake le había hecho esa misma noche. El agradable escalofrío que recorrió su cuerpo la hizo suspirar, y permitió que el sueño se apoderara de ella.

En lo que le pareció sólo un momento después, sintió la presión de un ligero beso en su frente. Al abrir los ojos, se sorprendió al ver la cabina iluminada por el sol.

—Realmente odio despertarte, mi dulzura, aunque sólo sea porque nada me apetece más que meterme ahí y pasar todo el día contigo, pero... debemos irnos.

Barbara parpadeó varias veces antes de que la cara de Blake apareciera. —¿Irnos? —repitió. Se incorporó, sorprendida de encontrarlo vestido con la ropa de un caballero: pantalones de piel, camisa blanca y pañuelo de seda al cuello, chaleco y saco conservadores. Aunque sus botas negras probablemente no habían sido fabricadas por Hoby, estaban relucientes. —Estás vestido. Y no como un pirata.

El capitán sonrió. —No hace falta que parezcas tan decepcionada —se burló. Luego se puso serio. —A menos que lo estés. En ese caso...

—Sólo estoy decepcionada de que no hayas pasado la noche conmigo —contestó Barbara, sacando el labio inferior en un mohín. Luego puso los ojos en blanco. —No puedo creer lo... atrevida que he sonado en este momento.

Riéndose, Blake se inclinó y la besó. —Si te sirve de algo, no me importa. Me disculpo por haberte dejado sola. El deber y todo eso —dijo él.

—¿Crees que fui promiscua? —preguntó ella en un susurro.

Él frunció el ceño. —No. Yo... —Hizo una pausa, preguntándose si ella había cambiado de opinión sobre sus planes para el futuro. —No había pensado en ello, de hecho. Aparte de que espero que sólo seas promiscua conmigo —añadió entonces. —Si hay otro pirata en la fila hacia tu corazón, entonces necesito saberlo ahora para poder desafiarlo a un duelo.

Barbara soltó una risita. —No lo hay.

Blake inclinó la cabeza, feliz de verla complacida. —Hemos atracado hace unos minutos. He enviado a un mozo para que nos consiga un carruaje, y he traído el desayuno para ti—. No añadió que se había enviado a otro mensajero con un breve resumen de lo sucedido al Ministerio de Asuntos Exteriores. Blake sabía que Lord Chamberlain se enfadaría si no se le mantenía informado de la situación, y además, un aristócrata tendría que supervisar el arresto de un barón.

Inmune a los juicios ordinarios, Lord Dorchester tendría que ser declarado culpable por sus pares en el Parlamento para recibir algún castigo por su crimen.

Parpadeando de nuevo, Barbara se sentó lentamente y dejó que sus piernas colgaran del borde de la cama. —Oh, gracias —murmuró, con el estómago gruñendo de forma casi audible. Hizo un gesto de dolor cuando recordó que su cabello probablemente tenía peor aspecto que un nido de ratas. —¿Supongo que no podrías hacer nada con mi cabello? —preguntó a medias mientras se ponía de pie y se movía para sacudir su vestido y sus enaguas. —Estoy indefensa sin un espejo y un peine—. Blake había colgado sus prendas sobre el respaldo de una silla, por lo que no estaban tan arrugadas como cuando salieron de la valija el día anterior.

Él sonrió. —Vamos a vestirte primero, y mientras comes algo, veré lo que puedo hacer.

Dada su actitud algo impaciente, Barbara se preguntó si él insistía en que ella se vistiera porque ahora la estaba viendo a la luz del sol y había decidido que no le gustaba lo que veía. Estaba a punto de preguntar cuando Blake dijo, —A decir verdad, preferiría que no te vistieras, porque admito que disfruto de esta versión de ti a la luz del día.

—Oh —logró decir ella, sintiendo un inmenso alivio. Ella se puso de puntillas y lo besó en la boca.

Blake la abrazó con fuerza y luego la apartó de su cuerpo. —Ahora sí que debes dejar de tentarme —murmuró. —O te arruinaré y le diré a tu padre que no pude evitarlo—. Ya se imaginaba tener que encontrarse con ese hombre en una mañana de niebla en Wimbledon Common, empuñando una pistola de duelo mientras Nelson se quedaba cerca y veía a su capitán sucumbir a una bala.

Barbara se detuvo antes de ponerse las enaguas sin su ayuda, pensando que le gustaba bastante tentarlo. ¿Quién iba a pensar que era una tentadora? Pero cuando llegó el momento de ponerse el vestido de coral, permitió que él lo mantuviera abierto mientras ella se metía en él. Sintió que sus hábiles dedos cerraban los botones de su espalda y sonrió cuando él le dio un beso en la nuca.

—Te queda muy bien este color —susurró.

Un escalofrío le recorrió la espalda y Barbara hizo todo lo posible por mantenerse callada. Quería rogarle que la desvistiera. Que la devolviera a la cama. Que la extasiara.

Tal vez podría hacer eso el día de su boda.

La condujo a su pequeño escritorio, donde había una bandeja cubierta encima de páginas de mapas y planos. Cuando ella se sentó, retiró la tapa y encontró un plato con huevos cocidos, pan tostado y tocino. Una taza de té completaba el desayuno. —Esto se ve bien —murmuró mientras se ayudaba con un tenedor y disfrutaba de la comida.

Blake sacó un peine de su estuche y, comenzando por la parte inferior de su cabello, empezó a deshacer los rizos marrones. —A diferencia de la mayoría de los barcos piratas, tenemos un cocinero de verdad a bordo —respondió.

—Pensé que habías dicho que este no era un barco pirata.

—Hoy no lo es, es cierto —reconoció él. —Aunque tal vez mañana.

Barbara dio un respingo. —¿Por qué mañana?

Blake hizo una pausa en su tarea, tratando de decidir cuánto podía decirle. —Nosotros... tenemos una misión. Una que se que debería haber empezado ayer —explicó él. —Hay algo más que deberías saber.

—¿Oh?

—El *Tuscan* nos siguió hasta el puerto—. Aunque el otro barco podría haberles alcanzado en algún lugar cercano al castillo de Walmer, el buque más pequeño se había mantenido en cambio a la altura del *Molly*. Poco después de la salida del sol y por encima del sonido del agua que se deslizaba alrededor de sus cascos, el capitán Bimmington había gritado la información que le hizo ordenar al *Tuscan* que dieran la vuelta y regresaran a Londres. Althea Woodcock estaba de pie junto a él mientras esto ocurría, con el miedo grabado en su rostro manchado de lágrimas.

Con los ojos abiertos por la sorpresa, Barbara se volvió para mirarlo. —¿Woodcock? —preguntó ella.

Blake asintió. —Parece que hay más en tu secuestro de lo que pensábamos —contestó él, pasando lentamente el peine por su larga cabellera. Durante el baile, su cabello había estado recogido en una masa de rizos sobre su cabeza. Ahora caía en ondas doradas hasta más allá de sus hombros. Pasó una mano por la suave seda, alisándola mientras con la otra mano pasaba el peine. —Tu cabello es como oro líquido —murmuró. Apretó la nariz nariz en la coronilla de su cabeza e inhaló. —Y huele a limón.

Barbara dejó el tenedor, disfrutando del momento

de tranquilidad. —Estás siendo una excelente doncella. No extraño ni un poco a Woodcock.

Pensando que podría compartir lo que había averiguado de la mujer esa misma mañana, Blake bajó la cabeza. —Me temo que Woodcock puede haber sido malinterpretada en todo esto.

Volviéndose para mirarle, las cejas de Bárbara se fruncieron. —¿Qué quieres decir? Intentó robar...

Un golpeteo en la puerta hizo que Blake se apresurara a abrirla.

—El carruaje de alquiler está aquí, al igual que el inspector de Bow Street que mandaste buscar —dijo Nelson con voz tranquila. —¿Qué hacemos con el barón? Está como loco, quejándose con cualquiera que se acerque al calabozo y preguntando por el paradero de la doncella.

—Entonces que nadie se acerque a él. Déjenlo en el calabozo por ahora. Dejaré que Chamberlain decida su destino —dijo Blake. —¿Está segura la señorita Woodcock?

—Sí. No ha hecho nada más que llorar todo el tiempo que ha estado a bordo. Pero le tiene miedo. Dice que él la matará si puede ponerle las manos encima.

Blake suspiró. —La llevaremos con nosotros en el carruaje. Dejemos que Chamberlain decida qué hacer a continuación—. Se volvió hacia Bárbara, que se había unido a él en la puerta. —¿Estás lista para irnos?

Ella miró entre Nelson y Blake. —Sólo tengo que empacar algunas cosas—. Se apresuró a meter en su valija el traje y las enaguas y echó un rápido vistazo a su alrededor. Al ver un pequeño espejo sobre la jarra y el aguamanil, se detuvo para mirarse.

Estaba preparada para algo peor que el reflejo que vio. Estaba segura de que habría sufrido una quemadura de sol por el tiempo que había pasado en cubierta el día anterior, pero se sorprendió al ver que que su piel estaba ligeramente dorada, y que parecía resplandecer desde dentro. Aunque hubiera preferido recogerse el cabello en un moño, no tenía horquillas para sujetarlo. Al ver cómo las ondas se enroscaban a la altura de sus clavículas, una una ligera sonrisa apareció en sus labios. A pesar de que todavía no pensaba que era especialmente atractiva, no era fea. Y quizás sus ojos muy abiertos le daban un aire exótico.

Un pensamiento de lo que Blake le había hecho la noche anterior hizo que su sonrisa levantara sus mejillas, y sus ojos se iluminaron con el recuerdo. —Estoy lista —anunció, tomando la valija al pasar por la cama.

Blake le quitó la valija y la condujo a la rampa. Varios miembros de la tripulación se detuvieron para hacer una reverencia en su dirección al pasar, y ella hizo una reverencia a su vez. —Gracias a todos por rescatarme —dijo cuando Blake le ofreció su brazo.

Barbara colocó una mano sobre él, y una sensación de melancolía se apoderó de ella. Aunque no había disfrutado ni un solo momento a bordo del *Tuscan*, se había sentido cómoda en el *Molly*. Segura.

Los gritos y silbidos la sacaron de su ensueño. Se maravilló ante el bullicio de la actividad que rodeaba el barco y el que estaba amarrado más allá en el muelle. Los cargadores tiraban de carros llenos de mercancía mientras los inconfundibles olores a agua de mar, madera húmeda y sudor llenaban sus fosas nasales. No podía ver todo, pero reconoció al capitán Bimmington. Él se estaba dirigiendo en su dirección.

—Suplico su perdón, señorita Wycliff, pero quería disculparme por lo ocurrido —dijo él mientras se quitaba el tricornio y le hacía una profunda reverencia. —Si hubiera sabido quién era usted realmente y que había sido secuestrada, le aseguro que habría avisado a las autoridades cuando el señor Smith la trajo a bordo.

Barbara reconoció su disculpa con una inclinación de cabeza. —Gracias, capitán. Estoy segura de que mi padre lo tendrá en consideración.

Bimmington parpadeó y Blake se volvió para mirarla fijamente. —¿Consideración? —repitieron los dos hombres.

Ella se permitió un ligero encogimiento de hombros. —Sir Peter está buscando comprar algunos barcos mercantes, y creo que el *Tuscan* es uno de ellos.

Buen día, señor—. Hizo una reverencia y se dirigió en dirección al carruaje de alquiler.

Blake se apresuró a alcanzarla. —No me dijiste que tu padre iba a comprar el *Tuscan* —dijo él, mientras abría la puerta del carruaje.

—Tampoco he dicho que lo fuera a hacer —respondió ella, y su comentario fue seguido de un encogimiento de hombros.

—Pícara —señaló él en un susurro lleno de humor. El pobre Bimmington probablemente pensó que pronto se quedaría sin su puesto.

CAPÍTULO 16

BIENVENIDOS A CASA

Unos minutos después

Blake ayudó a Barbara subir al carruaje sabiendo que la señorita Woodcock ya estaba dentro. Apretada en una esquina, con las manos atadas a la espalda y una valija en el asiento a su lado, Althea parecía haber perdido a su mejor amiga.

Tal vez lo había hecho.

—Woodcock —dijo Barbara mientras tomaba asiento frente a la doncella. Fingió indiferencia hacia la sirvienta, sin saber aún qué creer de la mujer.

La sirvienta, sin saber aún qué creer de la mujer.

Althea asintió en su dirección, moqueando antes de decir, —Milady.

En el exterior, Barbara pudo oír a Blake dando instrucciones al conductor, y luego se unió a ellas, acomodándose en el asiento junto a ella. —Tenemos un camino por recorrer para llegar a Parkenhurst House —murmuró él. —Si quieres dormir, estoy feliz de proporcionar mi hombro.

Barbara sabía que habría aceptado su oferta si hubieran sido los únicos en el carruaje, pero con la presencia de Woodcock, decidió que sería mejor comportarse. Todavía no sabía qué creer en cuanto a la implicación de la doncella en lo sucedido. —Dudo bastante que pueda dormir—. Suspiró. —¿Se ha enviado la noticia a mi padre?

—El mensajero que envié a Horseguards debía dirigirse a continuación a Parkenhurst House. Dependiendo del tráfico de la mañana, tu padre quizás se entere de que estás de camino a casa antes de que lleguemos.

—Gracias —respondió ella.

El carruaje circuló por las calles de Londres y Barbara vio cómo aparecían puntos de referencia familiares más allá de las ventanas. La Torre. La catedral de San Pablo. Lincolns Inn Fields. Covent Gardens. Era extraño que apenas les hubiera echado un vistazo la última vez que los había visto.

Cuando el vehículo se detuvo frente a Parkenhurst House, ella se despertó de un tirón; había puesto su cabeza contra el brazo de Blake en algún momento antes de que llegaran a Mayfair.

Blake se bajó y le ofreció la mano. Una vez que

Barbara salió, él le hizo un gesto a Althea para que la siguiera. De mala gana, ella se deslizó por el asiento. Con las manos en la espalda, no tuvo más remedio que permitir que él la ayudara a bajar. Luego él levantó su valija del asiento, para determinar si los artículos que Nelson había metido en ella en ella seguían dentro.

Pero la sentía vacía.

Estaba a punto de preguntarle cuándo había descubierto la sustitución, pero la puerta principal de la mansión paladiana se abrió incluso antes de que llegaran a la valla de hierro forjado que bordeaba la parte delantera de la propiedad.

De cuatro pisos de altura y con un paisaje de árboles decorativos, bojes perfectamente cuidados e hileras de flores, era evidente que Parkenhurst pertenecía a un hombre adinerado. —Bienvenida a casa, señorita Wycliff —dijo el mayordomo con una sonrisa dentada mientras se hacía a un lado.

—Gracias, Broadus. ¿Está mi padre en casa?

—Por supuesto. No ha salido de aquí desde que se supo de su secuestro —contestó el mayordomo, cambiando su atención hacia a la criada. Frunció el ceño cuando vio que tenía las manos atadas a la espalda. —Está en el estudio.

Pero no lo estaba. Sir Peter ya se estaba dirigiendo hacia ellos. —¿Barbara? *¡Barbara!* —Redobló sus pasos cuando su hija se apresuró a reunirse con él a mitad de camino. —¿Estás bien? —le preguntó mientras le daba un breve abrazo. —Hemos estado muy preocupados.

—Lo estoy, padre. Gracias al capitán Russell —dijo ella, mientras se volvía para hacer un gesto en dirección a Blake. —Su barco alcanzó al *Tuscan* antes de que éste llegara a Calais, y me cargó a través de tablones de madera a su barco, y sus hombres capturaron a Lord Dorchester-

—¿Dorchester? —repitió alarmado Sir Peter. Se volvió hacia Blake justo cuando el capitán se unió a ellos. —¿Capitán Russell, supongo?

—Así es —dijo Blake mientras ofrecía un asentimiento. Las valijas colgaban de sus dos manos. —Por su reacción, supongo que aún no ha recibido noticias de Lord Chamberlain.

El baronet negó con la cabeza. —No. Pero pasé casi toda la noche de anteayer en Chamberlain House, una vez que Woodcock nos dijo lo que había pasado—. Le dio a Blake una inspección minuciosa, aparentemente le gustó lo que vio cuando dio un asentimiento de evaluación. —Por lo que mi hija acaba de decirme, supongo que usted capitaneó la nave que fue enviada a perseguir al *Tuscan*?

—Efectivamente. Aunque fue un placer —respondió Blake. —De hecho, conocí a su hija en el baile de máscaras de Lord Weatherstone la noche del secuestro.

Sir Peter pareció pensar en esta información antes de conducirlos a su estudio, dando instrucciones a su mayordomo mientras lo hacía. En el último momento, se volvió y dirigió su atención a Althea Woodcock. —¿Por qué está atada así?

—Es una sospechosa, señor —respondió Blake. —Parece que trabajaba para Dorchester.

El baronet sacudió la cabeza. Miró a las valijas y luego volvió a mirar a Blake. —¿Y qué es esto?

—El dinero del rescate —respondió Blake mientras levantaba la más pesada.

Sir Peter se sobresaltó y luego sacudió la cabeza. —Pero, yo no envié ningún dinero para el rescate. Chamberlain me dijo que no lo hiciera.

Blake parpadeó.

Barbara parpadeó.

Y los tres se volvieron para mirar a Althea con expresiones expectantes. Ella estaba de pie justo al otro lado del vestíbulo, levantando la cabeza cuando se dio cuenta de que era el objeto de su atención.

Detrás de ella, el mayordomo se movió para abrir la puerta, y un jadeante Matthew Fitzsimmons, vizconde de Chamberlain, entró justo cuando Woodcock dijo, —Tuve que tomar el dinero, o él la habría matado. Me lo dijo durante el baile —gimió ella.

—¿Quién? —preguntó Lord Chamberlain.

Althea dio un respingo y se giró para encontrarse

con que el jefe del Ministerio de Asuntos Exteriores mirandola con recelo.

—Lord Dorchester —respondió. —Él secuestró a mi señora. Me dijo que iba a llevarla a Francia. Que exigiría un rescate. Y que si no conseguía veinte mil libras por ella, iba a matarla—. Las palabras salieron a borbotones mientras las lágrimas volvían a caer sobre sus mejillas. —Así que metí el dinero en la valija de mi señora y lo llevé conmigo cuando entregué la nota al capitán Russell. No lo estaba robando. Lo prometo.

—Yo le pregunté directamente si tenía el dinero del rescate, y usted dijo que no lo tenía —le recordó Blake.

Ella puso los ojos en blanco. —No iba a admitir que tenía veinte mil libras conmigo.

—¿Por qué no?

—Usted es un pirata —respondió ella. —Vi la bandera ondeando sobre su barco.

Blake puso los ojos en blanco, decidiendo que ella tenía un punto.

—¿Por qué subiste al Tuscan después de que me rescataran? —Barbara replicó llevándose las manos a las caderas.

La atención de Blake fue captada por su pecho, que sobresalía como si Barbara transmitiera su desconfianza ante el comentario de la doncella. Estaba a punto de decir algo basado en lo que Nelson le había dicho, pero Althea lo hizo en su lugar.

—Tenía que alejarme de Dorchester —exclamó ella. —Me habría matado para llegar al dinero.

—Russell, ¿por qué tiene ella las manos atadas? —preguntó Chamberlain.

—Porque creemos que estaba trabajando con Dorchester para robarle a Sir Peter veinte mil libras —explicó Blake. —Solía ser una criada en la casa del barón. Luego fue contratada aquí como doncella de la señorita Wycliff en circunstancias sospechosas.

—Pero, yo proporcioné una referencia —argumentó Althea. —Tenía que que salir de su casa. Él es un repugnante-

—Le sonreíste mientras bailabas con él en el baile —afirmó Bárbara, con las manos aún en las caderas, casi como si supiera que tenía toda la atención de Blake. Dirigió una sonrisa en su dirección, y él le guiñó un ojo.

—Estaba actuando —replicó Althea. —Tenía que fingir que iba a ayudarle.

—¿O qué? —desafió Chamberlain.

Althea hizo una mueca. —Habría difundido mentiras sobre mí. Sobre mi familia. Se habría asegurado de que no pudiera ser contratada en ningún lugar.

Chamberlain se volvió hacia el mayordomo, quien acababa de unirse a ellos en el vestíbulo llevando una bandeja de té. —¿Estuvo usted involucrado en la contratación de la señorita Woodcock?

Las cejas de Broadus se alzaron con sorpresa. —Sí —respondió, aunque de mala gana.

—¿Hubo alguna razón en particular por la que la contrató?

La cabeza del mayordomo pareció encogerse en sus hombros. —No se presentó nadie más.

Chamberlain parecía estar a punto de hacer otra pregunta al mayordomo, pero en lugar de eso dirigió su atención hacia Althea. —¿De dónde ha sacado las veinte mil libras?

Sir Peter se aclaró la garganta. —Estaba a punto de hacer la misma pregunta, pero ahora creo que lo sé —dijo, haciéndoles una vez más un gesto para que entraran en su estudio. Se dirigió a su escritorio, buscó una llave en un cajón y luego abrió uno de los cajones inferiores. —Diablos —murmuró él.

Blake levantó la maleta más pesada sobre el escritorio. —¿Acaso le faltan veinte mil libras?

Sir Peter abrió la maleta y miró el interior. —¿Es una especie de broma?

Frunciendo el ceño, Blake hizo lo mismo y luego lanzó una mirada tranquilizadora. —Es el traje de la Pequeña Bo Beep de su hija —comentó. —Era un disfraz bastante atractivo, pero la pobre señorita Wycliff se vio obligada a llevarlo hasta anoche, cuando descubrimos que el vestido que lleva ahora estaba dentro de la valija —explicó mientras señalaba el vestido de Barbara. —Mi primer oficial se las arregló para cambiar esta valija por la de Woodcock, para que su hija pudiera tener un cambio de ropa así como recuperar el dinero del rescate.

Dejó la valija vacía en el suelo y luego sacó el vestido de raso rosa de la valija llena, seguido de las tres enaguas y el juego de pantaletass, acomodando cada artículo sobre un brazo hasta que sólo quedó el dinero en el fondo de la bolsa.

—¡Dios mío! —susurró Sir Peter, dirigiendo su atención a Althea. Ella estaba de pie junto a Chamberlain, que la tenía agarrada por uno de sus brazos.

—Él me obligó a hacerlo. Si no lo hubiera hecho, también me habría matado —dijo ella con voz lastimera.

—¿Cómo supo usted lo del dinero en primer lugar? —preguntó Blake, con el recuerdo de algo que ella había dicho el día anterior que le rondaba por la cabeza.

Althea bajó la cabeza. —Sir Peter habló de ello donde yo pude escucharlo. Dijo que nunca sabía si...

—Si me iba a hacer falta efectivo en un momento dado —terminó Sir Peter por ella. Se quedó mirando antes de dirigir su atención a Lord Chamberlain. —Creí que dijo que tenía un hombre que seguía a Dorchester —dijo, obviamente molesto por saber que era Dorchester quien había secuestrado a su hija.

—Ese fui yo —reconoció Blake, levantando una mano. —Sin embargo, Dorchester se me escapó durante la cena. En lugar de volver al salón de baile por las puertas principales, salió por otro conjunto de puertas a un pasillo, y para cuando supe que había salido de la mansión, su carruaje se alejaba a toda velocidad, al igual que el suyo —explicó. —Asumí erróneamente que la señorita Wycliff estaba en su carruaje. Ni siquiera sabía que Dorchester estaba en posesión de su hija hasta que recibí noticias de Lord Chamberlain a la mañana siguiente. Si hubiera tenido alguna idea, le aseguro que habría perseguido su carruaje.

Sir Peter asintió con la cabeza, y luego su atención se centró en su hija, frunciendo sus cejas grises. —¿Él se propasó contigo?

Barbara negó con la cabeza. Explicó lo que había sucedido hasta que Blake la llevó al *Molly*, incluyendo cómo el capitán del *Tuscan* no creyó su afirmación de que había sido secuestrada.

—Entonces, ¿dónde está Dorchester ahora? Tengo ganas de mutilar a ese hombre —afirmó Sir Peter.

—En el calabozo de mi barco. Pensé que era mejor que permaneciera allí, ya que no puede ser arrestado —respondió Blake con disgusto.

—¿A qué se refiere? ¡Él secuestró a mi hija!

—Él es un barón. Un lord. Está protegido de la ley civil —respondió Blake.

—Pero no de sus pares —afirmó Chamberlain. —Russell, he recibido su misiva y he enviado a un par de mis hombres para recuperar al bastardo. Será retenido hasta que el lord canciller pueda ser convocado.

—¿Lo enviarán a Newgate? —preguntó Blake, preocupado por la seguridad de Barbara. Se puso a su lado, y se sintió satisfecho cuando ella puso una mano en su brazo.

—Eso sería lo preferible —respondió Chamberlain, justo antes de que sus cejas se fruncieran. —Parece especialmente preocupado.

Blake miró a Barbara. Todavía sosteniendo el vestido y las enaguas sobre un brazo, parecía un valet asignado al sexo equivocado. —Estoy preocupado. Por la señorita Wycliff. Dorchester buscará venganza contra ella si tiene la oportunidad de hacerlo —dijo. —Debo contar con su seguridad.

—¿Oh? —agregó Sir Peter. —Se suponía que esa era mi línea.

—Bueno, sí. Y lo hubiera sido si ella no hubiera aceptado casarse conmigo —respondió Blake. —Es decir, si usted está dispuesto a darme permiso para cortejarla —continuó, haciendo una mueca cuando se dio cuenta de que esta no era la forma en que planeaba hacerlo. —Estoy enamorado de ella, ve—. Arrugó las cejas. —Creo que lo estoy desde que bailé con ella.

Chamberlain parpadeó.

Sir Peter parpadeó.

Althea se permitió una sonrisa acuosa. —Qué romántico —dijo llorando.

—¿Barbara? —dijo Sir Peter mientras dirigía su atención hacia ella. —¿Te importaría explicarte?

Ella miró a Blake antes de decir: —Hablamos en el baile. Él estaba vestido de pirata. Bailamos dos veces: me enseñó a bailar el vals. Y la siguiente vez que lo vi, estaba en la cubierta del *Molly* gritando que estaba allí para rescatarme.

—Fue un poco dramático —murmuró Blake, su rostro adquirió un tono rojo oscuro.

—Y agitó su espada alrede-

—Sable, mi cielo.

—Su sable alrededor para asegurarse de que nadie en el *Tuscan* lo desafiara. Uno de los tripulantes incluso noqueó al señor Smith...

—Ese fue Fitz, nuestro maestre de navegación —dijo Blake, para beneficio de Chamberlain.

—¿Quién es el señor Smith? —preguntó Chamberlain, con las cejas fruncidas por la confusión.

—Lord Dorchester. Usó el nombre de señor Smith cuando organizó el transporte a Calais —explicó Blake.

Barabara tomó un respiro. —Así que el señor Fitz noqueó a Lord Dorchester justo cuando Blake me levantó en sus brazos y me llevó al *Molly*—. Suspiró mientras una sonrisa aparecía para iluminar su rostro. —Fue emocionante y aterrador y horrible, porque todavía llevaba ese horrible disfraz de Bo Peep...

—No es horrible —interrumpió Blake. —Te queda bastante bien—. Al notar su mirada de sosiego, añadió, —Pero me gusta más éste.

—Qué romántico —volvió a murmurar Althea.

Sir Peter arrugó una ceja. —Entonces... ¿una vez que estuviste en el *Molly*? ¿Qué pasó? —preguntó, con la sospecha evidente en su voz.

—Bueno, nos dimos cuenta de que Woodcock estaba en el *Tuscan* —respondió ella. —Pero Nelson -el primer oficial- había cambiado las valijas de modo que mi valija, con el dinero y este vestido, seguía en el *Molly*. Así que finalmente pude deshacerme de ese horrible traje y dormir un poco, ya que Blake me permitió el uso de su cabina por el resto del viaje de vuelta a Londres—. Ella sonrió complacida mientras miraba fijamente a Blake.

Él le devolvió la sonrisa y dejó caer un beso en la coronilla de su cabeza.

—¿La has arruinado? —preguntó alarmado Sir Peter.

Los ojos de Blake se abrieron de par en par. —Pues no, señor. Pero sí deseo cortejar a su hija...

—¿Y que hay del *Molly*? —preguntó Chamberlain, con la misma alarma.

—Oh, todavía puedo capitanear un barco —respondió él. —Continuar con mi trabajo para usted

—añadió, dándose cuenta de que no podía admitir que trabajaba para el Servicio Exterior. —Hemos hablado de esto, y la señorita Wycliff está de acuerdo con la idea.

Sir Peter se aclaró la garganta. —Puede que lo esté, pero... ¿sólo lo hace por su dote?

—¡Padre!

Blake frunció el ceño. —No, señor. Soy bastante capaz de mantener a una esposa con mis ingresos —respondió. —Sin embargo, está el asunto de la paga por la ayuda de mi tripulación para recuperar a su hija.

Fue el turno de Chamberlain de aclararse la garganta. —Sir Peter, si recuerda sus palabras de hace unas noches. En mis órdenes al capitán Russell, di a entender que había una recompensa involucrada en el regreso seguro de la señorita Wycliff.

—Oh, sí, por supuesto —respondió Sir Peter. Miró a la valija. —¿Son suficientes veinte mil libras? —preguntó. Y empujó la valija en dirección a Blake.

Blake y Chamberlain intercambiaron miradas. —Dividir entre quince significa más de mil trescientas libras cada uno —susurró Blake. —Es posible que nunca los recupere a a bordo.

Sir Peter inclinó la cabeza hacia un lado. —¿Usted haría eso?

Blake sacudió la cabeza. —¿Hacer qué, señor?

—¿Dividir el dinero en partes iguales con su tripulación?

Blake levantó un hombro. —Por supuesto. Todos los miembros de mi tripulación reciben una parte igual de cualquier recompensa. Cualquier recompensa —respondió.

—¿Cuánto tiempo lleva siendo capitán de barco? —preguntó Sir Peter, su manera de actuar había cambiado a una abierta curiosidad.

—Hace un año. Antes era el primer oficial del *Molly*.

—¿Alguna vez se interesó por capitanear un barco mercante? —preguntó el baronet con una ceja arqueada.

Inclinando la cabeza, Blake se atrevió a mirar a Barbara antes de decir, —No lo había pensado.

—Estoy considerando la compra de una flota de barcos —explicó Sir Peter. —La flota de Wilson.

—Ahora, mire, señor. No puede llevarse a mi mejor capitán —argumentó Chamberlain.

—Creo que eso debería depender de mi futuro yerno, ¿no? —replicó Sir Peter.

Blake inhaló lentamente mientras Barbara le apretaba el brazo. —Te lo dije —susurró ella.

Volviéndose hacia Chamberlain, Blake dijo, —Está bien. Nelson está listo para tomar el mando, y Fitz sería un excelente primer oficial. Él es todo sobre las reglas.

El vizconde resopló. —Entonces, ¿cómo van a dividir la recompensa?

—Él se queda con diez mil libras como la dote de mi hija, y el resto se puede dividir en catorce partes —anunció Sir Peter.

Chamberlain arrugó una ceja, como si estuviera intentando hacer cuentas en su cabeza.

—Setecientas catorce libras y diez chelines —susurró Blake.

—Usted tiene una misión que cumplir con respecto a cierto contrabandista francés —susurró Chamberlain, un recordatorio de la misión en la que habían estado a punto de embarcarse cuando recibieron la nota sobre el secuestro.

—Así que no distribuiré la recompensa hasta que estemos en el Canal —razonó Blake.

—Estoy de acuerdo —dijo el vizconde con un movimiento de cabeza. Se volvió hacia el baronet. —Bueno, buen día. ¿Quizás nos veamos en White's esta noche?

Sir Peter negó con la cabeza. —Tal vez mañana. Pasaré esta noche cenando con mi hija. Parece que no estará mucho tiempo por aquí, y me imagino que estará planeando una boda aquí dentro de poco.

Barbara sonrió encantada.

—¿Y la señorita Woodcock? —preguntó Blake, volviendo a centrar su atención en el vizconde.

Chamberlain dirigió a la doncella una mirada tranquilizadora. —Si coopera y testifica contra Dorchester, entonces creo que prescindiremos de cualquier cargo contra ella —razonó él.

Los ojos de Althea se abrieron de par en par. —Lo haré, por supuesto, siempre que el barón permanezca encerrado —respondió ella.

—Tal vez debería considerar la posibilidad de mudarse al campo. ¿Quizás tomar un puesto en una casa señorial? —insinuó Chamberlain. —Dudo que Dorchester se molestara en buscarla aunque no estuviera encerrado en Newgate—. Él se movió para desatar sus manos.

—Nos ocuparemos de darle una carta de recomendación —ofreció Sir Peter. —Y el pago del último mes. Broadus la acompañará a su habitación y puede empacar sus cosas—. Miró la valija vacía que tenía a sus pies. —Puede usar esto —propuso, levantando la maleta y ofreciéndosela.

—Gracias, señor —dijo ella mientras se frotaba las muñecas y luego tomó la valija. Salió del estudio con Broadus.

—Bueno, parece que voy a salir por la mañana —dijo Blake al tiempo que dirigía su atención hacia Barbara. —Marea baja. ¿Quizás aceptes un paseo por el parque? ¿Tal vez un helado en Gunther's?

Barbara sonrió. —Me gustaría—. Se volvió hacia su padre, con la intención de preguntarle si podía ir, pero él se limitó a hacer un gesto con la mano.

—Ve —dijo con un suspiro. —Pero que vuelva antes de la cena —le advirtió. —O informaré de que ha sido secuestrada.

—Muy bien, señor —dijo Blake mientras hacía una reverencia. Tomó la valija en una mano y le ofreció la otra a Barbara.

Cuando subieron las escaleras, Barbara lo miró de reojo. —¿De verdad vamos a ir al parque? —preguntó ella en un susurro.

Blake parpadeó. —¿Querías... ir a algún otro lugar?

Ella le dirigió una mirada tranquilizadora. —¿Recuerdas lo que dijiste? ¿Sobre cuando estuviéramos comprometidos?

Sus cejas se fruncieron en confusión antes de darse cuenta de lo que ella quería decir. —¿Hoy? —preguntó sorprendido.

—Me crees promiscua —dijo ella con un suspiro.

—No, no es eso. Yo sólo... No pensé que quisieras perder tu virtud en tu primer día de regreso. Teniendo en cuenta lo que ha pasado y todo eso.

Ella se detuvo frente a su dormitorio y empujó la puerta para revelar una habitación ornamentada en melocotones y verdes. —No he pensado en casi nada más desde anoche —murmuró. —Especialmente desde que no hice nada por ti.

Blake se detuvo en el umbral, y su mirada se fijó en las escayolas doradas y las ricas telas. —Eso no es cierto —murmuró cuando finalmente cruzó la habitación y cerró rápidamente la puerta. —Me dio mucho placer poder verte complacida —argumentó. —Además, no creo que sea conveniente que lo hagamos aquí.

—¿Por qué no? La cama es cómod-

—Todo el mundo en la casa va a escuchar —argumentó él.

—mentó él.

Los ojos de ella se abrieron de par en par. —¿Lo harán?

Él puso los ojos en blanco. —Mi querida, cuando te haga el amor, pretendo que grites de placer para que todo el mundo lo oiga —afirmó. —O, al menos, para que se oiga en el apartamento de al lado.

—¿Apartamento? —repitió ella.

—Tengo uno en Picadilly.

—Entonces iremos allí.

Blake se permitió una risita antes de besarla a fondo. —Espero que siempre estés así de dispuesta —murmuró.

—Amenázame con tu espada y lo estaré.

—Sable, querrás decir.

Ella negó con la cabeza. —Espada —corrigió ella, su mano acariciando su endurecida hombría a través de sus pantalones.

—Acepto la corrección —contestó él con alegría.

Unos meses después

Barbara despertó con la suave sacudida de la más reciente adquisición de su padre. El *Barbara*, capitaneada por su esposo y con una tripulación de catorce personas, iba a realizar su primer viaje a Bélgica esa misma mañana. Aunque la bodega no estaba llena, lo estaría en el viaje de vuelta, ya que se había dispuesto que recogieran un cargamento con destino a Londres.

La cama en la que había estado durmiendo las últimas noches estaba resultando muy cómoda, pero también ayudaba el hecho de que su pareja se ocupara de su comodidad en más de un sentido.

—Buenos días, dormilona —dijo Blake, justo

antes de besar su frente. —¿Cómo está mi tesoro en este buen día?

Ella sonrió y le devolvió el beso. —No sé por qué estoy tan cansada últimamente —susurró, deleitándose con la sensación de sus cálidas manos mientras se deslizaban por su camisón en su búsqueda por despertar otras partes de su cuerpo.

Blake levantó la tela de su camisón hasta dejar su vientre al descubierto. —Yo tampoco tengo ni idea —mintió, luchando por no reírse. En algún momento, ella se daría cuenta de que no había tenido sus menstruaciones en todo el tiempo que llevaban casados. Hasta entonces, él pretendía simplemente deleitarse en tenerla toda para él. Una vez que naciera el bebé, tendría que compartirla.

Al menos, eso le había dicho Nelson. No se atrevía a adivinar cómo podía saber tal cosa el nuevo capitán del *Molly*, pero pensó que era mejor estar preparado.

En cuanto al otro anuncio del nuevo capitán, Blake descubrió que no le sorprendía en absoluto. Althea Woodcock y Nelson habían pronunciado sus votos unos días después del regreso del Molly de su misión de capturar al corsario francés.

Al parecer, Nelson había decidido que la antigua doncella era lo suficientemente fructífera para él. O eso, o Althea había amenazado con divulgar secretos de su pasado.

Blake besó el vientre de Barbara y estaba a punto de bajar más cuando recordó las noticias que había obtenido la noche anterior. —He recibido una misiva del vizconde Chamberlain —dijo entre besos en sus muslos.

—¿Oh?

—Parece que el destino de Dorchester está decidido—. Se arrepintió de haber dicho algo cuando ella se incorporó de repente y el objetivo que su lengua pretendía tocar desapareció.

—¿Newgate? —adivinó ella. Sus ojos se abrieron de par en par. —¿O bailará la giga del cáñamo?

Sus cejas se alzaron al oírla mencionar el término pirata para referirse a la horca, y Blake negó con la cabeza. —Australia. Lo van a trasladar mañana —murmuró Blake, con las manos agarrando las caderas de ella en un esfuerzo por recolocarla.

—¿Eso es bueno?

—Lo es —respondió él, acomodando su cabeza entre los muslos de ella una vez que tuvo las rodillas dobladas. —Nunca podrá volver a amenazarte, ni a Woodcock—. El maldito lo había intentado, pero todas las cartas que escribía eran interceptadas antes de que llegaran a sus destinatarios.

—Ahora voy a por un tesoro enterrado —advirtió él.

Blake se deleitó escuchando la inhalación de Barbara mientras su lengua rodeaba su objetivo. Con varios meses de experiencia en la materia, sabía exactamente qué hacer para que ella gritara su nombre seguido de una serie de perogrulladas y palabras de agradecimiento.

Esta mañana no fue diferente.

Su momento favorito era siempre el siguiente, cuando ella rogaba por él. El hecho de que a veces lo hiciera en otros momentos -más bien inoportunos- significaba que su tripulación había aprendido rápidamente que él estaba a su disposición.

Ante la amenaza de la reducción de sueldo, fueron buenos en cuanto a no mencionar cómo se dejaba llevar por su polla con su nueva esposa.

Y de todos modos, no le importaba.

—Necesito de tu espada —susurró ella, sin aliento. —Por favor.

Y ahí estaba.

—Prepárate para ser abordada —advirtió él con una sonrisa, justo antes de empalarla, gimiendo mientras metía su espada en su cálida y húmeda funda.

Le encantaba cómo su torso se levantaba de la cama, sus pechos se balanceaban mientras él la penetraba una y otra vez. Cómo sus muslos se agarraban a sus lados para que sus manos pudieran tocar los costados de sus pechos y sus pulgares pudieran acariciar sus pezones hinchados.

¿Qué mejor recompensa podría haber?

El éxtasis, por supuesto. Sabía cuándo la reclamaba, porque podía sentir cómo sus músculos internos se aferraban a él, jalando su espada hacia el interior de ella. Cuando permitió su propio éxtasis sólo un momento después, se vio arrastrado por una vorágine de sensaciones tan placenteras que a menudo se preguntaba cómo podría volver a la superficie.

Siempre lo hacía. Inhalando profundamente y deleitándose con los escalofríos provocados por las uñas que le rozaban el cuero cabelludo, se refugiaba en el cuerpo de ella, una balsa salvavidas en la que flotaba hasta que finalmente se veía obligado a levantarse por el día o a darse la vuelta y dormir por la noche.

Por el momento, no podía decidir qué hacer.

Tal era el placer de un pirata.

SOBRE LA AUTORA

Anteriormente escritora técnica y autora de veinticuatro novelas de romance histórico, Linda Rae Sande disfruta investigando la época de la Regencia y la antigua Grecia.
Aficionada a las películas de acción y aventura, es frecuente encontrarla en el cine local. Aunque ya no tiene peces tropicales, sigue a los San Jose Sharks y tiene su hogar en Cody, Wyoming.

Para más información:
www.lindaraesande.com
Suscríbete al boletín de Linda:
Regency Romance with a Twist